小学館文庫

一等星の恋

中澤日菜子

小学館

目次

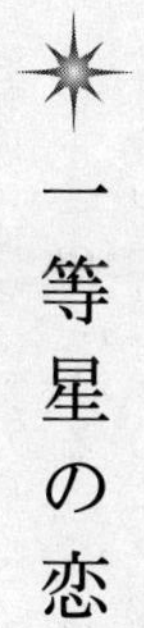

一等星の恋

車の近づいてくる音に気づき、手もとを照らしていたヘッドライトのちいさな明かりを暗闇へと向けた。富士山にほど近い県営公園。その公園に隣接する広い駐車場には、いま怜史のほか誰もいない。

冬枯れて茶色く萎びた雑草が、ぽつぽつとまばらにかたまっているのが見える。その茂みを避けるようにして、一台の車がゆっくりとこちらに向かってくる。

「先客」に気づいたのか、入ってきた車は、ハイビームにしていたライトをした向きに切り替えた。五十メートルほどさきに止まったのは、シルバーのタウンエースだ。室内灯が点き、運転席に座る大柄な男のすがたが浮かび上がる。それがこの星見スポットの常連「ヨッシーさん」であることを確かめた怜史は、ヘッドライトの明かりを手もとへ戻し、写真鏡の焦点を合わせる作業を再開する。

「よ。お疲れさん。今夜も冷えるねえ」

枯れ草を踏みしめる足音とともに、太く低い声が響いた。いつのまにかヨッシーさんが、怜史の車のわきに立っていた。

「お疲れさまです。ほんと、寒いですねえ」

こたえながら怜史は、こころのなかで愚痴る。なんでわざわざ声、かけに来んのかなぁ。

怜史のこころの愚痴などもちろん聞こえないヨッシーさんは、

「怜史くんはあれなの、星雲狙いなの、今日は」

怜史の天体望遠鏡を無遠慮に眺め回した。仕方なく、

「あ、はい。馬頭星雲と、できればほかに星雲も撮りたいなと思って」こたえると、

「でもあれ、長焦点の鏡筒じゃないと撮ってもつまんないと思うよ。細かいところ写らないしさー」

能天気な調子でつづけた。怜史はむっとする。

「え、でもやってみなきゃわかんないじゃないですか」

「まあ、そうねー、せっかくだから挑戦してみるのもいいかもねー。若いうちはなにごとも経験。経験第一よ」

じぶんで言ったことばにじぶんで何度も頷いている。

はあぁ。聞こえないようにそっとため息をついた。会社でもよく思うけど、どうしておじさんたちはふた言めには「経験」て言うんだろう。

「それになかなかないしね。こんなに条件のいい夜はさ。肉眼でも、そら」

ヨッシーさんがじぶんのライトを消す。仕方なく怜史も倣う。地上の明かりはすべて消え、怜史にはもう、じぶんの指さきさえ見えない。

天を振り仰ぐ。

そこには、星があった。ただ、星ぼしだけが、あった。

よく「降るような星空」と言うが、あれは間違っていると怜史は思う。星はじぶんに向かって降ってくるのではない。じぶんが、じぶん自身が広大な宇宙に吸い上げられ、星ぼしのなかへと入ってゆくのだ。

確かに、こんなにコンディションのいい夜には、そうそう巡り合えないよな。ヨッシーさんと並んで立ちながら、怜史は思う。

「さぁて。おいらもがんばるとするかぁ」

かち、と音をさせて、ヨッシーさんがライトを点けた。

「じゃあね。怜史くん。なんかわかんないことがあったら、なんでも聞いてね」

「ありがとうございます」

軽く手を振り、ヨッシーさんはじぶんの車のほうへと帰ってゆく。ようやく解放されて、怜史は安堵のため息をついた。ヨッシーさんのことは嫌いじゃない。というか、数多くの常連のなかでも、どちらかといえば好感を持っているほうだ。

それでも。怜史は思う。せっかくのじぶんの時間を、他人に掻き回されたくない。それでなくても会社で、そしてプライベートで、他人に振り回されているのだから。プライベート。梨乃。せっかく忘れかけていた顔を思い出しそうになり、怜史は、ぶるる、強く頭を振った。

「おっ。もしや姫様では」

ヨッシーさんの嬉しそうな声につられ、駐車場の入り口に視線を投げる。丸いふたつの明かりがあらわれ、つづいてレンジローバーの特徴的なエンジンの音が、夜の底を流れ怜史の耳へ届く。

レンジローバー。白さんか。

白の、おだやかな声を思い浮かべ、怜史はすこしこころが弾む。

白は、男が圧倒的に多い天文の世界にあって、まさにマドンナのような存在だ。かなり年配で、二十五歳の怜史にとっては完全に「おばさん」ではあるものの、思慮深さを感じさせる物言いや、夜闇でもわかるほどのスタイルのよさなど、そこらへんの中年女性と一緒くたにしてはいかんな、と思わせるだけの雰囲気をまとっていた。常連のあいだでは「白さんファンクラブ」まで結成されていると聞く。ヨッシーさんも会員のひとりで、ここに来始めた最初のころ、「白姫様になんかしたらタウンエースで轢くからね」と怜史は笑顔で言われたことがある。口角は上がっていたが目は笑っていなかった。怖かった。

怜史が最初に天体観測にはまったのは、小学校四年のときである。

父親にねだってクリスマスに買ってもらった初心者用の屈折望遠鏡、口径六十ミリ。

それが怜史の、天文人生最初の「相棒」だった。

月のクレーターに驚き、土星にちゃんと輪があることに感動した。金星の満ち欠けや、すばるの六つ星をこの目で見られたのも「相棒」のおかげである。

高校を卒業するころまで、怜史のいちばんの楽しみは星を見ることであり、命の次に大切なのは小遣いをためて買い揃えていった「相棒」たちであった。

だが大学の理工学部に入学すると、実験だの論文書きだので思うように星を見に行けない夜が増えていく。くわえてサークル活動で知り合った立川梨乃と付き合うようになってからは、空いている夜はすべて彼女との約束で埋まってしまうようになる。

梨乃は、二重のすこし垂れぎみのおおきな瞳に、ちいさな赤いくちびるという、愛くるしい顔立ちをしていた。すっと通った鼻すじが上品で、梨乃と歩くとほとんどの男が振り向き、羨ましげな視線を怜史に投げて寄越す。

ただ、可愛い顔に似合わず、梨乃は、勝ち気で思い込みのはげしいところがあった。怜史もけっこう頑固だったし、「他人に馬鹿にされたくない」、妙にプライドの高いところがあるので、いちど喧嘩が始まると、たいていははげしい罵り合いにまで発展してしまう。そのせいで、何度か別れ話も出たけれど、そしてじっさい連絡を取り合わない時期もあったけれども、腐れ縁というのだろうか、ふたりは付き合いをつづけていた。

大学を卒業し、計測機器メーカーの開発部に入ると忙しさは加速度的に増し、怜史はますます自由な時間を失ってゆく。わずかにできた細切れの休日は、すべて梨乃のために費やされた。そんな生活のなかで、怜史はすっかり天文から遠ざかってしまった。

そこまで尽くした（つもり）なのに、梨乃には「もっと会う時間を作ってほしい」と何度も迫られた。だが、どうがんばってもそのころの怜史にそれ以上の余裕はなく、梨乃が、あからさまに「結婚」の二文字をちらつかせるようになってきたことも、怜史を憂鬱な気分にさせていた。

「ひとりきりの自由な時間が欲しい」

怜史は切実にそう願った。

怜史が星空と「再会」したのは、ちょうどそんなころであった。

出張で訪れた、南アルプスの麓に建つ飲料メーカーの工場。深夜までかかった測定器の調整を終え、一歩外へ足を踏み出したとたん、なにかおおきな存在の気配を感じ、怜史は天を振り仰いだ。

漆黒の夜空を貫く銀河。神々しささえ感じさせる星ぼし。

十数年前と変わらず、星はそこに在り、輝くおおきな流れとなって、怜史のこころをしずめ、満たしてゆく。

東京に戻ってすぐに怜史は、実家の屋根裏部屋に仕舞い込んでいた「相棒」たちの手入れを始めた。

滑り込むように駐車場に入ってきたレンジローバーは、なめらかな弧を描き、怜史とヨッシーさんのちょうどまんなかあたりに止まった。ドアの開く音が夜にこだまし、白がヨッシーさんに挨拶しているちいさな声が聞こえる。同時に、「はっはっ」という荒い呼吸音と、たたったたっ、リズミカルな足音が近づいてきた。なにか温かくておおきな生き物が、怜史の膝に両足をかける。

「ケンプ、久しぶり」

怜史は、白の愛犬、ゴールデンレトリーバーのケンプの首とおぼしきあたりをごしごしと掻いてやる。お返しのつもりだろうか、ケンプはその長くてぶ厚い舌で、怜史の手といわず顔といわず、手あたりしだいに舐めまくった。くすぐったさと犬臭さに怜史は身を捩る。

「ケンプ。だめ。下がりなさい」

暗闇から、やや掠れた深みのある女の声が放たれる。声を聞くやいなやケンプは怜史を解放し、一目散に女主人のもとへと走っていった。

「ごめんね怜史くん。ケンプが邪魔をして」

髪の毛の擦れる、さわ、という音がして、香水の香りがあたりにやわらかに漂う。怜史の灯した小さな明かりの輪の外に、白が立っていた。不思議な香りの香水だなぁ。白の、このにおいをかぐたびに怜史は思う。香水だのコロンだの、怜史にはまったくわからない世界だが、梨乃や同僚の女子がよく使うような、つん、と尖った人工的なにおいとはまったく違って、白のそれは、森、そう、秋の終わりの森の、澄んだ大気のようなにおいがする。

「全然。ちょうどいまセッティングを終えたところですから」

ヘッドライトを白のほうに向けないよう、細心の注意を払いながら怜史はこたえる。白は、じぶんのすがたがライトに照らし出されることを、極度に嫌っていた。必要最小限の光源しか持たないし、知り合いと会話するときも、慎重に間合いを取り、決して光の届くところまで近づかない。白の、その異常なまでの「明かり嫌い」を常連の星見屋は知っていて、白の周囲ではみんな気を遣って振る舞う。だから怜史は、いまだに白の素顔を見たことがない。ヨッシーさんも「ない」と言っていた。

「今夜はなにを撮ってるの」

「馬頭星雲と、あとできればかに星雲も撮りたいと」

「ああ、いいね。どちらもとても綺麗に昇ってる」

「でも、ヨッシーさんにこの機材じゃカニは難しいかもって言われちゃって」

つい、恨みがましい口調になる。てか、ダメダメ言うんだったら、代案を示せっつの。

怜史はいらいらと足を踏み替える。そんな怜史の様子を見ていた白が、

「だったら代わりに魔女の横顔を狙ってみたらどうかな。西に傾いてるけどまだ間に

合うと思う」

「あ。なるほど」

怜史の脳裏に、よこを向いたわし鼻の魔女が浮かび上がる。魔女の横顔は、エリダヌス座にある淡く青い星雲だ。星雲の広がりぐあいが魔女の横顔を思わせるため、この名で呼ばれることが多い。

「怜史くん、技術もセンスもどんどんよくなってるから、きっと綺麗に撮れるよ」

褒められて、ぐぐっと気分が上向く。上司にも梨乃にも、褒められるよりけちをつけられるほうが圧倒的に多いので、ささいなことでも認めてもらえると純粋に嬉しかった。

「ありがとうございます。お世辞でも嬉しいです」

怜史は素直に頭を下げた。白が真剣な声で、

「お世辞なんかじゃないよ。怜史くんのブログ毎日のように見てるけど、半年まえといまじゃ、別人じゃないかって思うくらい違うよ」ことばを継いだ。

え、そんなに熱心に見てくれてるのか。あの白さんが。怜史は驚く。

星好きのブログはまさに「星の数ほど」存在する。人気ブロガーのページは、日によっては訪問者の数が数百人に上ることもあった。白は、まさにそんな「カリスマブロガー」のひとりだ。そのカリスマが、初心者に近い怜史のブログを、毎日のように

見てくれているという。怜史は驚きと嬉しさで、ぴょんぴょん飛び跳ねたい衝動に駆られるが、待て、それじゃケンプと一緒じゃないか、あわててじぶんをいましめる。

「じゃ、がんばろうね、お互いに」

「はいっ」

「行こうケンプ」

ケンプが短く「あう」と鳴いた。ひとりと一匹の足音が遠ざかってゆく。

よっしゃあ。今夜は魔女の横顔で勝負だ。怜史は、ぱんぱん、両手でじぶんの頬を叩き、気合を入れ直す。

「どしたの。ずいぶん喋ってたけど」

レンジローバーのよこに戻った白に、ヨッシーさんが声をかけた。暗闇のなかで、白はヨッシーさんを軽く睨む。

「だめだよ。若い子いじめちゃあ」

「え。おいら?」

「いじけてたよ、怜史くん。ちょびっとだけど」

「えーえーえー。たいしたこと言ってないよ。あの機材じゃカニは難しいかもって、それだけ」

ヨッシーさんが抗議の声をあげる。白は、

「それだけでもショックを受けるの、若い子は。おじさんおばさんと違って、繊細なんだから」

笑いを含んだ声でこたえた。

「あれっくらいで傷つかないでほしいよなー。どうすんだよ、このさき。人生、いろいろあんのにさぁ」

んふー。ヨッシーさんの吹き上げた盛大な鼻息が、白いかたまりとなって空中に漂う。

「仕方ないよ、まだ若いんだから。じぶんたちだってそうだったでしょ」

「まぁそう言われりゃそうだけどさぁ……」ヨッシーさんはまだ不満そうだ。

「……怜史くん見てると、思い出すよ、じぶんの若いころのこと」

白が、ぽつんとつぶやく。

「白さんが？　いやいやそれはないでしょー」

「ううん。似てる。プライド高いとことか、傷つけられるのをすごく怖がってるところとか」

「ああ……うん、まあ、そういう気持ちなら、まあ……」

しぶしぶ、といった調子で認めた。

「……じぶんは特別なんだ、って。なのにどうしてみんなわかってくれないんだ、って。そんなことばかり考えて、周りのひとを恨んだり、あたり散らしたり」

「じぶんは特別、かぁ……」

つぶやいて、ヨッシーさんが物思いに沈む。ゆるやかな沈黙が、闇を満たした。

突然、白の胸が大きく波打った。苦しげな咳がつづく。

「白さん」

ヨッシーさんがそっと声をかけた。白は、「だいじょうぶ」のしるしに片手を上げてみせる。

「……今夜は帰ったら。まだまだ寒いしさ、体調、崩したら……」

ヨッシーさんのことばは、尻すぼみのまま、夜に吸い込まれてゆく。

「うん。天の川撮ったら早めに帰る」

呼吸を整えた白が、落ち着いた声でこたえた。そのまま視線を避けるように、レンジローバーのかげへと消えた。

なにも言わず、なにも言えず。ヨッシーさんはただそこに立ち尽くす。

見てくれるひとがいる。じぶんのブログを。毎日のように。

白のなにげないひと言をきっかけに、怜史はその日からますます星見にのめり込んでいった。

なんのかんのと言い訳を並べて梨乃の誘いを断り、できた時間であの駐車場に通う。いまの怜史にとっては、梨乃と気詰まりな時間を過ごすより、山の空気を吸いながら星を眺めたり写真を撮ったりしているほうが、ずっとずっと魅力的で有意義なことに思えた。

白とは三回に一回くらい、行き逢った。ふた言三言ではあったが、白は必ずブログの感想を伝えてくれた。

怜史はだんだん、駐車場に来るとまずまっさきに白のレンジローバーを探すようになっていった。じぶんでも気づかぬうちに。

その日は、梅雨に入るまえの最後の新月の夜で、天候も安定し気流の乱れもなく、まさに絶好の天文日和といえた。この日を逃すと、関東は梅雨入りしてしまい、きっととうぶん星空は拝めなくなる。そんな思いもあり、怜史は、数日まえから「その夜は星を見に行く」と決め、梨乃にもそう伝えておいた。はずだった。

準備を済ませ、さあ出かけようとジャケットを羽織ったとたん、ドアのノブががちゃり、音を立てた。つづいて大量の食材の入ったビニール袋を抱えた梨乃が、玄関にすがたを見せる。たっぷり五秒間、ふたりはそのままの姿勢で見つめ合った。

「……なにしてんの」さきに口を開いたのは、梨乃だった。

「え、なにって、星を見に」

「……今日はあたしがご飯作ってあげるって言ったじゃない」

「え、待って、それは来週の」頭のなかでスケジュール表をめくる。

「違う！　今日！　ご馳走作るねって！　習ったばかりのパエリア作るねって！　約束したじゃない！　おととい電話で！」

　おととい？　あり得ない。一昨日にはもう今夜の天気予報が出ていて、怜史はうきうきしながら機材の整備を始めていたはずだ。

「それ、なんかの間違いだよ。今夜は星を見に行くって、梨乃にもちゃんと」

「星見、星見って……さいきん怜史、そればっかかで……」

　梨乃の眉間に、見る見るうちに深い皺が寄ってゆく。まずい。思ったときは、すでに遅かった。

「浮気してんじゃないの⁉　馬鹿にすんじゃないわよ！」

　びゅ、よく熟れたトマトが飛んできた。避ける間もなく怜史の顔面にぶちあたり、大きな音を立ててつぶれる。トマトの汁が目に入り、怜史は思わず悲鳴をあげる。

「待てよ！　やめろよ！」

「馬鹿！　死ね！　このクソ怜史！」

パックのあさりが大粒のにんにくがまだ硬い緑のノボカドが、正確な軌道を描いて怜史めがけ降ってくる。怜史は頭をかばいながら部屋のなかを逃げ惑った。

「やめろって！　おい、いいかげんに」

「やめろだぁ？　てめえ……この野郎……」

梨乃がつぶやいた。やばい。目が据わっている。

怜史の顔から音を立てて血の気が引いてゆく。

梨乃が、白ワインの瓶を握りしめた。手首を器用に返しながら、ひゅんひゅん、ワインの瓶を回し始めた。そのままじりじり、間合いを詰めてくる。怜史は壁ぎわまで追い詰められ、逃げ場はないか、必死で左右を見回した。

梨乃が投擲の体勢に入る。

その一瞬の隙を突き、怜史は梨乃のわきをすり抜けた。勢いを殺さず、玄関へとひた走る。無我夢中で車のキィを摑み、外へと飛び出した。マンションの外階段を転がるように駆け降りる。梨乃の喚き声がどこまでもついてきて、あー、きっと山姥に追いかけられるのってこんな気持ちなんだろうな、怜史はどうでもいいことを考える。

「あーっははは！」

その夜、怜史から一部始終を聞かされた白は、身を捩って笑い転げた。いつもの駐車場。新月の夜なのに、めずらしく常連のすがたはない。

「笑いごとじゃないですよ。死の恐怖すら感じたんですから、じぶんは」

むっつりと怜史はこたえた。額に大きなこぶができているのがわかる。たぶん、あれだ、アボカドのあたった痕だ。梨乃のばかやろう。せめて熟れたアボカドを買ってくればよかったのに。

げほげほ。白が咳き込んだ。指で、目じりに浮かんだ涙をぬぐっている。

「白さん、笑いすぎです」

ますます面白くない気持ちで、怜史は言う。

「ごめんごめん。……でもさ、しあわせだよね、怜史くんは」

「はあ?」

怜史は耳を疑った。あさりを塩水ごとぶっかけられた男のどこがしあわせと?

「だって、それだけ真剣に怒ってもらえるなんて人生でなかなかないことじゃない?」

「……はあ」

「褒めるのは簡単。誰にでもできる。でも怒るのは大変。エネルギーがいるでしょ。そのひとのことを強く想う気持ちがないと、人間、そこまでやろうなんて思わないよ」

「でも、はっきりいって迷惑です。そこまでやらないでくれよ、そこまで想ってくれなくていいからって思います」

ぶ然とした面持ちのまま、怜史はことばを返す。梨乃の想いは正直、重い。愛だの恋だのを越えて、ただひたすら、重い。

「そうだよね、当の怜史くんがそう感じるのは当然だよね。けどさ、わたしはすごいことだと思うなぁ。誰かのこころのなかをそれだけ占めてるっていうのは」

「……はあ……」

生返事をして、怜史は足もとの小石を蹴った。

やっぱり白さんにわかるわけないよな。じぶんのいま抱えてる悩みとか、苦しみとか。いいひととはいえ、しょせんは他人なんだし、歳だってずいぶん違うし。だいたい男と女じゃ。

「怜史くん、怜史くん」

白の声で、はっと我に返る。

「あ、は、はい」

「怜史くん。ちょっとライト、消してくれる?」

「あ、はい」

怜史は、ヘッドライトを消した。白も、足もとに置いたランタンのスイッチを切った。

月のない夜、あたりは完全な闇に包まれる。目が慣れると、夜空に無数の星ぼしが輝いているのが見えてくる。

「西の空に傾いてる、あれは？　怜史くん」

豊かな声で白が問う。なぜこんな簡単な質問を？　不思議に思いながらも、怜史は素直にこたえる。

「スピカです」

「そう、スピカ。そこから天頂にずーっと行って」

「アルクトゥルス」

「アルクトゥルスの、ぐるっと東にある明るい星。あれは」

「ベガ。織姫星（おりひめぼし）。なんなんですか、白さん、素人でもわかるようなことを」

「うん、確かに素人でもわかる。みんな一等星、有名な星だもんね。じゃ、あれは？」

白が、手を振り上げた気配がした。

「どれ？」

「スピカのよこに、ちらっと光る、あのちいさな星」

「えーと」

怜史は、星図を頭に思い浮かべる。記憶をたどるが、その星の名前は出てこなかった。

「わかんないですね。ていうか、あれ四等星？　五等星ですか？　名前もついてないんじゃ」

「うん、ついてないと思う。たぶんきっと名もない星だよ」

静かな声で白がこたえる。話のゆきさきが見えなくて、怜史は戸惑う。

「……あのぉ、白さん」

「人類のほとんどにとって、わたしも怜史くんも、あの名もない星のようなものだと思う。条件が合えば見えるかもしれない。でもそれだけ。スピカやアルクトゥルスのように、名前がつくこともなく、愛されることも、もちろん、ない」

怜史は頷く。それはそうだろう。一生のうちに出会えるひとの数なんて、ごく限られたものだろうし、ましてや愛されることなんて。愛されること？　ようやく怜史にも、話のすじみちが見えてくる。

「でもさ、その子にとっては怜史くんはスピカなんだよ。名もないちいさな星なんかじゃない。暗い夜空でまっ白に輝く一等星」

白が、淡々とした口調でつづける。

「……短い人生のあいだに、たったひとりでもいい。誰かの一等星になれるなんて、すばらしいことじゃないかなあ。そしてそういう人生を送れるって、しあわせなことなんじゃないかしらね」

怜史のからだを稲妻のような衝撃が貫く。衝撃は一陣の風となり、怜史の世界に立ち込める薄い靄(もや)をゆっくりと晴らしてゆく。

「……すごい、ですね、白さん」

怜史は振り絞るように、言った。

「なにが？」

不思議そうな声で、白が問い返す。

「そんなふうに考えたこと、じぶんはいちどもなかったです。なんか、すごい……」

あはは。白はふたたび明るく笑った。

「すごくない、すごくない。さぁ星見に戻ろう。せっかくの新月の晩だもんね」

白が、ランタンのスイッチを入れた。淡い光に、白の端整なよこ顔がいっしゅん、照らし出される。思わず一歩、怜史は白に近づいた。白が、すっと、なにげない様子でランタンから離れる。

「ほふわぁー」

間の抜けたおおきなあくびが響き、ぶるぶるっ、ケンプのからだを振る気配がした。甘えた鼻声をあげながら、怜史の足にじゃれついてくる。なかば反射的に、怜史はケンプの背中を撫でた。

「ケンプの毛、気持ちいいですね」

「でしょ。ケンプって名前だけあるでしょう」

「え。なんか意味が？　ドイツ語かなんかで」

「違うよー。ケンプは絹布。絹の布と書いてケンプって読むじゃない」

「知らなかった……」

「怜史くん、国語弱かったでしょ」

「このあいだ生憎(あいにく)を『なまそう』と読んで同僚に呆(あき)れられました」

白が弾(はじ)けるような笑い声をあげた。ケンプが声を追いかけるようにぐるぐる走り回る。星たちも笑っているような気がして、このまま朝が来なければいいのにと怜史は思った。


「好きなひとができたんだ」

梅雨の明けるまえ、小雨の降る公園で、怜史は梨乃にそう告げた。

赤い小花柄の傘を差した梨乃は、なにも言わずじっと怜史を見つめている。

「ごめん。ほんとうにごめん。でもじぶんのこころにこれ以上嘘(うそ)はつけない。……ごめんね、梨乃」

傘をたたんで、怜史はゆっくりと頭を下げた。雨粒が頬を伝い、滴り落ちる。梨乃に対して、こんなに素直に謝るのは、ひょっとしたら初めてかもしれないな。

平静を装ってはいるが、じつは緊張のあまり、心臓が口から飛び出しそうな気分だった。なんて罵られるだろうか。いや殴られるかも。殴られるだけならまだしも、傘で刺されたりしたらどうしよう……。

だが案に相違して、梨乃はなにも言わなかった。じっと怜史の背中を見下ろし、しばらくして、静かに歩き去っていった。

けろ。けろろろろ。雨に濡れた露草のかげで、かえるがちいさく、鳴いた。


梅雨が明け、本格的な夏が始まった。

八月に入ると、天文ファンはみな、そわそわ落ち着かなくなる。天文界の一大イベント、ペルセウス座流星群の極大日が近づいてくるからだ。

極大日は毎年、お盆の中日にあたる十二日前後で、今年は十三日の深夜零時から夜明けごろがいちばん条件がよいとされている。怜史の会社もその週は休みなので、前日から寝袋持参で観測に出かけようと、怜史はわくわくしながら計画を立てていた。

その日は天文ファンだけでなく、家族連れやカップルなど大勢のひとが詰めかけるだろうから、白とふたりきりになどきっとなれない。それでも、と怜史は思う。星の流れてゆくさまを、白と同じ空のしたで眺めたい。それに、流星群は夜明けまでつづくから、もしかしたら白の顔が見られるかもしれない。

当日の午後八時。怜史は愛車のエクストレイルに、いそいそと機材を積み込んだ。最後に、今夜のメイン機材であるニコンD810Aを、そっとよこたえる。いい仕事、してくれよ。使い込んだ一眼レフに、こころのなかで声をかける。

洩れはないか、脳内のリストをチェックする。だいじょうぶ。完璧だ。怜史は軽く頷き、運転席のドアに手をかけた。そのとき、

「久しぶり」

聞き覚えのある声がした。あわてて振り向く。ちいさなハンドバッグを握りしめた梨乃が、硬い笑顔で立っていた。

一時間後。

梨乃を助手席に乗せたエクストレイルは、がら空きの中央道を、河口湖インターに向けて走っていた。

「どうして、いきなり」混乱する怜史に向かい、梨乃はただひたすら「最後に一緒に星が見たかったの。流星群の夜を怜史と過ごしたかったの」同じせりふを繰り返すだけだった。

怜史がなにも言えず黙っていると、ほろほろと梨乃は涙をこぼした。泣きつづける梨乃にどう接したらよいか見当もつかない怜史は、ひたすら梨乃をなだめ、言われるがまま同行を許してしまった。せめて行きさきを変えればよかったのだろうが、そんな簡単なことさえ、そのときの怜史には思いつかなかった。

いつもの駐車場は、すでに五割がた埋まっていた。ざっと見ただけで怜史は、ヨッ

シーさんを含め数人の常連の車を認めた。白は。白のレンジローバーは。奥へとゆっくり車を走らせながら、怜史は左右を見回す。暗闇に沈んだ駐車場に、白の車はないようだった。怜史は、ほっと胸を撫で下ろし、そんなじぶんを苦々しく思う。

ヨッシーさんのタウンエースのよこを通り過ぎる。振り返ったヨッシーさんが、おや、とすこし驚いた表情になる。ついでにやりと笑い、右手の親指を突きたてた。

違うんだ！　こころのなかで怜史は叫ぶ。

「うわぁきれい！」

車を止めたとたん、助手席から飛び降りた梨乃が大きな声をあげた。その声に、何人かが反応し、こちらを見る。怜史はあわてて、

「梨乃、ここは静かに星を見る場所だから」

「あ！　あれってさそり座？」

富士山のうえを指さす。つられて思わず怜史も夜空を見上げた。さそりの心臓で、アンタレスが赤あかと輝いていた。雲も月明かりもない、絶好のコンディションだ。少なくとも天空は。地上は別だけど。怜史はそっとため息をつく。

「れ、い、じ、くーん。こんばんはー」

いつのまにか近くに忍び寄ってきたヨッシーさんに、ぽんと肩を叩かれ、怜史は飛び上がらんばかりに驚いた。

「どした今夜は。こんな綺麗なお嬢さん連れちゃって」

にやにや笑いが止まらないヨッシーさんに、なんとか事情を説明しようと試みるが、

「いや、あの、このひとはその」

「初めまして。立川梨乃っていいます。よろしくお願いします」

「どうも。ヨッシーです。流星群は初めて？」

「はい。星を見るのもじつは初めてで」

「へえー。そうなの。へえー」

怜史だけを置いてけぼりにして、会話はどんどん進んでゆく。なんとかしなくては。白のいないうちに、なんとか。怜史は焦る。そんな怜史の焦りをよそに、深い森のにおいが、ふわ、流れてきた。

「こんばんは。ずいぶん賑やかね」

白のおだやかな声に、ケンプの甘えた鼻声が交じる。怜史は絶望的な気分を味わう。

「だって白さん、スペシャルゲスト。なんと怜史くんが女の子、連れてきたんだよ」

「怜史くんが？」

わずかに間をおいて、白が応じた。

「立川梨乃です。初めまして」

梨乃が、怜史にすっとからだを寄せてくる。むきだしの二の腕が、怜史の肘にやわ

らかくあたった。

「ああ! ひょっとして、あの」

言いかけて、白はことばを呑み込んだ。すかさずヨッシーさんが、

「なに、知ってるの、白さん?」

「ううん、お会いするのは初めて。でも、以前怜史くんからお話だけ」

「えーそうなんですかー」

怜史は視線を感じる。梨乃の。そして白の。なにか言わなくては。この場をうまく切り抜ける、なにかいいことばを。けれども怜史の脳みそは、いまや干からびたパンのようにかすかすで、なんの文句も浮かんではこない。気まずい沈黙が降りる。ヨッシーさんが、意味もなく「うーん」、おおきなのびをした。

「じゃあまたね。たくさん流れてくれるといいね」白が声をかけ、

「ほんにのぅ」ヨッシーさんが受けた。

「ケンプ、行こう」

白がゆっくりと歩き出す。ケンプが跳ねるような足取りでつづく。

白の去っていったほうを、じっと見つめていた梨乃が、

「あのひと、きらい」

ぽつんとつぶやいた。

その夜のそれからを、怜史は、ほとんど覚えていない。

流星群の夜のあと、怜史はいちども梨乃と会わなかった。「これが最後」と言ったはずなのに、梨乃はあれから何度かLINEや電話を寄越し、食事だのプラネタリウムだの、さまざまな誘いをかけてきたけれども、「仕事が忙しくて」と怜史はすべてやんわりと断った。そんな状態が一ヵ月もつづくと、さすがにあきらめたのだろう、連絡は途絶え、梨乃の気配は消えた。

梨乃から解放されてほっとするいっぽうで、怜史は重苦しいままのこころを抱え、苦しんでいる。なぜなら白ともまた、あの夜いらい、いちども会えていない。

与えてしまったかもしれない誤解をなんとか解きたくて、可能な限り怜史はあの駐車場に通った。満月の夜も、雲が空を覆う日も。けれども白と行き逢うことはいちどもなく、ヨッシーさんも、「さいきんまったく会ってないねぇ」、残念そうに首を振るばかりだった。怜史の焦りは日増しに強くなってゆく。

秋の深まりとともに、天文ファンのあいだでは、あるほうき星がおおきな話題になっていった。

年の初めに観測された時点では、「尾の長いおたまじゃくし」と揶揄されるほど貧弱なすがただったそのほうき星は、十一月に入ってから何度かちいさな爆発を繰り返し、そのつど光を増して成長していた。長くたなびく尾は「ほうき星」の名に違わず、まるで夜空を掃くかのごとくに浮かび上がっている。

マスコミが騒ぎ始めると、天文ファンだけでなく、一般のひとたちもそのほうき星に興味を見せ始めた。ニュースやワイドショーで取り上げられる回数も増え、怜史も同僚から「夜空のどのへんに見えるのか」、何度聞かれたかわからない。だが、太陽に向かっているいまの時点では、まだ肉眼で見えるほどほうき星は明るくはない。もし肉眼で捉えられるとすれば、それは十一月の終わり、ほうき星が太陽にもっとも近づく数日＝近日点前後のはずだった。

「もっとも、生きて帰ってくればの話だけどねぇ」

両手を頭のうしろに組んで夜空を見上げながら、ヨッシーさんがつぶやく。

「呑まれちゃいますかね、太陽に、やっぱり」

寒さで足踏みをしながら、よこで怜史も同じように空を見上げた。

ふたりはいつもの駐車場で、ほうき星の撮影に挑んでいた。平日ということもあってか、ほかにひとはいない。白のすがたもない。

「うーん、五パーセントくらいかなあ。戻ってくる確率は」

「五パーセント……」

たったの五パーセント。怜史は、ほうき星のあるあたりを睨んだ。ぱらりと暗い星がいくつか散らばるだけで、ほうき星のすがたは見えない。

太陽の巨大な引力に引き寄せられてほうき星は、ぐるり、楕円軌道を描くように太陽の周囲を回る。そのさい高熱や重力によってほうき星の核が崩壊、蒸発してしまう懸念もまた、期待と同時に語られていた。「太陽に呑まれる」とは文字通り、ほうき星の死を意味する。

「あー今夜はだめそうだなあ。おいら、もう帰るわ」

スマホで「雲予報」を確認していたヨッシーさんが、落胆したような声をあげた。

怜史は夜空に目を凝らす。確かに厚い雲が、西のほうからせり上がってきていた。

「どうする。怜史くんも帰る？」

「もうちょっとねばってみます」

「あ、そ。風邪引くなよー」

どん、と怜史の背中をひとつど突いて、じぶんの車のほうへ戻っていった。

ひとりきりになってほっとするいっぽうで、広い駐車場がますます広くなったような、ぽつんとした淋しさを、怜史は感じる。

雲のわく勢いは止まず、いまや全天の半分が覆われている。風も強くなってきたようだ。じぶんもそろそろ帰ろう。そう思った怜史が機材を片付け始めていると、遠くかすかに、車のエンジン音が闇の向こうから響いてきた。怜史の動きが止まる。まさか。気のせいだろう。だがエンジン音は確実に近づいて来、やがてレンジローバーのヘッドライトが怜史の双眸（そうぼう）を射る。

ケンプは白に寄り添うようにして、健やかな寝息を立てている。さっきまでさんざん、怜史の顔を舐めたり機材にちょっかいを出したりと、やんちゃの限りを尽くしていたのに。

防寒シートのうえに並んで座りながら、怜史は「落ち着け、落ち着くんだ」、じぶんに言い聞かせている。

「怜史くん、ほうき星を見に来たの？」

ベージュの毛布をからだにぐるぐる巻きつけた白が、聞く。

「あ、はい」白に貸してもらった同じ毛布にくるまって、怜史はこたえる。軽くやわらかいのに、この毛布は信じられないほど暖かい。

「わたしも。もうすぐ近日点だから、見ておかなくちゃと思って」

白の声にいつもよりちからがないような気がして、怜史はそっとよこ顔を盗み見る。けれど地面に置かれたランタンの明かりはか細くて、白の顔に遠くおよばない。わずかに残った雲のすき間を、明滅する光がゆっくりとよこぎってゆく。飛行機だろうか。

「……こないだの女の子」

意を決して怜史は話し始める。

「ペルセウス座流星群の夜に、じぶんが連れてきた子、あれは」

「例の子でしょう？　怜史くんにトマトやアボカド投げた」

「そうです、そうですけど」

「じゃああの子が彼女なんだ、怜史くんの」

「違います！　ていうか、彼女でした、確かに。でも、別れて。なのにあのときは突然」

一気に喋ろうとする怜史を遮るように白が、

「なんで」

「え」

「なんで別れちゃったの？　お似合いだと思うけどな」ことばをかぶせた。「また連れておいでよ。これから寒くなるけど、木星や土星なら」

「白さんが一等星なんです！」

気づくと怜史は立ち上がっていた。ケンプがぶるり、首を振って怜史を見上げる。

「じぶんにとっては、白さんが一等星なんです。彼女じゃない、白さんが、じぶんの

……」

なんて拙（つたな）い告白だ。これじゃ小学生だ。いや小学生以下だ。言ってしまってから、

怜史は猛烈な後悔に駆られる。

沈黙がふたりのあいだを満たす。怜史にとっては永遠とも思える時間が経ったころ、
ぽつりと白が、

「ありがとう、怜史くん」つぶやいた。

目を上げる。すぐ近くに、白の顔があった。温かい息が頬にかかる。焦がれつづけた白の顔をもっとよく見ようと、思わず怜史は身を乗り出す。同時に白がランタンを消し、あたりは闇に呑まれる。

「……わたしにしあわせな人生を、ありがとう」

白がそっと、怜史のくちびるにじぶんのくちびるを重ねた。森のにおいが怜史を包む。

ケンプがふたたび、規則正しい寝息を立て始める。

厚い雲が切れ、細い、針のような月が、いっしゅんだけ顔を出す。


夜明けまえ、白はそっと毛布からすべり出て、帰り支度を始めた。その背中に怜史は、

「白さん、お願いです。今日は朝まで、明るくなるまで一緒にいてもらえませんか」

思いきって声をかけた。

「やだよ。お日さまのしたでなんか顔、晒せないよ」白は笑って取り合わない。

「お願いします。今日だけ、この一回だけでいいんです。お願いします」

怜史は、白の小さな手のひらを強く握りしめた。長く細い指が、怜史の手のなかでしなる。

立ち木のあいだを探検していたケンプが戻ってきた。遊んでいるとでも思ったのか、怜史と白の繋(つな)がれた手に鼻をこすりつける。白が、ケンプの頭を撫でてやりながら、

「……賭けをしましょう」

小さな声だった。

「賭け？」ことばの意味がわからず、怜史は戸惑う。白の頷く気配がする。

「ほうき星が、太陽に呑まれずに戻ってきたら、ただいまって帰ってきたら。そのときは……朝まで一緒に、過ごしましょう」

「マジで⁉」

「マジで」おどけた調子で白が返す。

「え、え、でもじゃあ、もしもほうき星が消えてしまったら」

「そのときは、これまで通り顔は勘弁、ということで」

「ええぇー……」我ながら情けない声だと怜史は思う。

そんな怜史をからかうように白が、

「乗る？　乗らない？　乗らないなら、いまの話、ぜんぶなかったことに」

「乗ります！　乗りますとも！」あわてて怜史はこたえる。

確率は五パーセント。それでもゼロよりはずっと、いい。じぶんにそう言い聞かせる。

ケンプが短くひと声、吠(ほ)えた。白がそっと怜史の手のなかから、じぶんの手を引き抜いた。

ほうき星よ、戻ってこい。

あの夜いらい、仕事中でもプライベートでも、つねに怜史の頭を占めているのは、この一念だけとなった。

じぶんでも気づかないうちに「戻ってこい。戻ってこい」、ひとり言をつぶやいているらしく、気味悪がった隣席の同僚に「お前こそ戻ってこい」と言われる始末だった。

運命の日は、十日後に訪れた。

怜史は有休を取り、パソコンの画面にかじりつくようにしてNASAのサイトを見守った。

人工衛星のカメラを通じ、数分ごとにほうき星の写真が更新される。ほうき星は、巨大なフレアを広げる太陽へと一直線に突き進んでいく。太陽に近づくにつれ、光が増してゆくのがわかる。

がんばれ。消えるな。待っているぞ。

怜史は祈るような気持ちでほうき星を見守った。

深夜三時。ほうき星が太陽に近づきすぎて、ついに観測不可能となった。ということは、いままさに太陽のすぐそばを通過していることになる。太陽を回りきるのに必要な時間は約一時間。つまり四時ごろ、ほうき星はふたたびすがたをあらわすはずだった。生き残っていればの話だが。

じりじりしながら怜史はそのときを待った。時間をつぶそうと、知り合いの天文ファンのブログを冷やかす。誰のブログにも「ほうき星ガンバレ」「帰ってこいよー」、同じようなつぶやきが書き込まれている。ツイッターやフェイスブックもそれは同じで、日本語で英語で中国語でロシア語で、世界じゅうのひとびとの思いが行き交っていた。

まるで祈りのようだ。怜史は思う。

さまざまな場所で、数えきれぬほどのひとびとが、すこしずつ違う色合いの希望をほうき星に託し、祈っている。

重なり合う声の輪よ、ほうき星に届け。怜史はパソコンのまえで両手を組み合わせ、目を閉じた。長い光の尾が、瞼(まぶた)のうらに浮かび上がる。

けたたましい目覚まし時計の音で怜史は目を覚ました。無意識に枕もとをまさぐり、そこでようやくじぶんがベッドに寝ているのではないことに気づく。怜史は、がばりとパソコンデスクから起き上がった。反射的に壁の時計を見上げる。朝の七時。怜史はあわててマウスをクリックする。スリープ状態だったパソコンが起動し、画面が明るくなる。NASAのサイトへ飛び、更新を待った。「Loading」の文字が点滅する。じりじりしながら接続を待つ。やがて画面が切り替わり、怜史の目に、たった一行だけの英文が飛び込んでくる。

"The Comet Survives."

怜史は雄叫(おたけ)びをあげ、拳を突き上げた。

戻ってきた。過酷な旅を終え、ほうき星は無事に戻ってきたのだ。たった五パーセントしかなかった可能性。けれども困難をくぐり抜け、ほうき星は生き延びたのだ。人工衛星から届いた写真には、太陽を回りきり、さらに輝きを増したほうき星のすがたがくっきりと写っていた。いままでに見たどの星よりも美しく気高いと、怜史は思った。

その夜から、怜史は連日、駐車場に通いつめた。

成功率五パーセントの賭けに勝ったことで、怜史は白との出会いを、もはや偶然ではなく必然だと思うようになっていた。白とじぶんは、結ばれる運命にあるのだ、と。

一週間、二週間。白はあらわれなかった。仕方がない、次にいつ会うという約束はしていないのだから。怜史はじぶんに言い聞かせる。月はどんどん痩せてゆき、やがて夜空から消えた。待ちに待った新月期の始まりだった。怜史は期待に胸を躍らせる。今夜こそ白と会えるだろう。そして一緒に朝を迎えるのだ。

だが、いっこうに白はすがたを見せなかった。

怜史の焦りは、日々、色濃くなってゆく。

「ちょっと、いいですか」

赤道儀の調整に集中していたヨッシーさんに、背後から声をかけた。

よほど驚いたのだろう、ヨッシーさんは、文字通り飛び上がった。振り向いて怜史のすがたを認め、うっと息を呑む。

「ど、どうしたの怜史くん」

「どうって」

「だだだって、その顔。それに痩せちゃって、ずいぶん」

「……ああ」

怜史はゆっくりと指でじぶんの頰を撫でた。肉が削げ、頰骨が突き出ているのがわかる。そういえばずいぶん髭も剃っていない。でも、それがなんだというのだ。

「じつは相談したいことがあって」

ありったけの気力を掻き集め、怜史は話し始めた。白さんを好きになったこと、一夜をともにしたこと、その夜にふたりで決めた賭けのこと――

ヨッシーさんは、あんぐりと口を開け、怜史の「告白」を聞いている。「告白」の最後を、怜史は振り絞るように、こう締めくくった。

「……約束したんです。ほうき星がただいまって帰ってきたら、そのときは……そのときは、朝まで一緒に過ごそうって」

怜史の肩が震える。握りしめた拳が白い。怜史はうつむいた。歯を食いしばっていないと、嗚咽が漏れてしまいそうだ。

そんな怜史のすがたを見ながら、ヨッシーさんははげしく迷う。

怜史の知らないことを、じぶんは知っている。けれどはたして彼に、それを伝えてしまっていいのだろうか。

迷ったすえヨッシーさんは、あるひとつの思いにたどり着く。

怜史に向けたことばじゃなくてもいいんじゃないか。じぶんも信じたい希望の未来を、この若者と共有できれば、それで。

ヨッシーさんは、うつむいたままの怜史に、静かに語りかけた。

「……なあ怜史くん。ほうき星は、長いながい旅路のすえに、我われのまえにあらわれてくれたよな」

怜史が無言で頷く。

「そしていままたどこか遠くの宇宙を、ほうき星は旅している。次に帰ってくるのがいつか、我われにはわからない。けれどもきっと戻ってくる、それは確かなことだ」

まっすぐな視線を怜史が投げて寄越した。その視線をしっかりと受け止めて、ヨッシーさんは、

「白さんも長い旅の途中なんだよ、きっと、いま。白さんの旅がいつ終わるのか、それはおいらにもわからない。でも、帰ってくる、そう彼女は約束したんだろ？」

「……はい」

「だったら、待とうよ。彼女のことばを信じて。我われのまえに戻ってくる日を、ひたすら待とう」

じぶんのこころにも刻み込むように、告げた。

ふたりは向かい合ったまま立ち尽くす。

すっとひとすじ、星が流れて、消えた。

待つ。ただひたすら。帰ってくることを信じて。

最初の三ヵ月。怜史は、変わらないペースであの駐車場に通いつづけた。ヨッシーさんと会うことはしょっちゅうあったけれども、ふたりのあいだで白の話題が出ることはなかった。まるで「口にしたら願いが叶わなくなってしまう」、そう信じているかのように。

白に会えないまま、半年が経った。

ときどきブログをチェックしてみたが、更新されている様子はない。

「待つ」。そう決めたはずなのに、約束を守ろうとしない白にたいして、怜史はときどきむしょうに怒りをぶちまけたくなる。なにしてるんですか。じぶんはここにいますよ。あなたとの約束を信じて、馬鹿みたいに、ここに。怒りは焦りを呼ぶ。募った焦りはやがて無力感に変わり、怜史を苛んだ。

鬱々と過ごしていたある日、怜史はネットを検索していて、一枚の写真を見つけた。それは、国立天文台が撮影し、ホームページに掲載した「その後のほうき星」のすがただった。

数知れぬ星ぼしのなか、ちいさくしぼんでしまったほうき星が、かろうじて写っている。白いしみのように、はかない泡つぶのように。けれども消えてはいない。遠い宇宙のどこかを、いまも飛びつづけている。

そのすがたは、怜史に元気を与えた。

そうだよ。怜史はじぶんに言い聞かせる。五パーセントの奇蹟を、じぶんと白さんは起こしたじゃないか。ちょっとくらいの待ちぼうけがなんだっていうんだ。彼女は必ず戻ってくるさ。

怜史は待ちつづける。

白、というほうき星の帰りを、いまも待ちつづける。

ほうき星の夜から一年後。それはある土曜の、昼下がりのことだった。

このところずっとつづいていた深夜残業で寝不足ぎみだった怜史は、十二時をだいぶ過ぎたころ、ようやくごそごそ、ベッドから起き出した。

あくびを連発しながら、隣の狭いリビングに移る。だらり、ソファに寝そべって、テレビの電源をつけた。頭の奥に、にぶい痛みがあった。疲れがたまっているのかもしれない。

二度寝するか。どうせ今日はなんの予定もないんだし。怜史はテレビを消そうと、リモコンを手に取った。と、聞き覚えのある声が画面から流れて来、怜史は動きを止める。

「時代を彩ったアノ人はいま⁉」

劇画調の文字が躍っている。画面には強いまなざしを持つ、髪の短い女性が映し出されている。ジャズを歌う、低いが張りのある声が流れ、その声に引き寄せられるように怜史はソファから身を乗り出した。この声、もしかして。怜史のこころがざわめき始める。

歌が途切れ、画面が切り替わる。スタジオ内の初老の男がアップになった。男が喋ることばを、怜史は木偶のようにかたまったまま、聞いている。

「……ストレスですよね、いまから思えば、彼女が歌えなくなったのは。ある日突然声が出なくなる。ええ、けっこうあるらしいです」

アナウンサーらしき若い女性が、合いの手を入れる。

「長くリハビリをつづけられたんですよね。五年とか十年、とか」

「そう、それでも声は出なかった。それでついにあきらめて、引退したんですね。歌の世界から。まだ三十歳という若さでした」

「そしてその後は、公の場に出ることは決してなかった、と」

「まさに『伝説のジャズシンガー』になってしまいましたね。彼女ががんに侵され、長い闘病のすえ亡くなったことを、我われもごくさいきんまで知らなかったくらいです」

「いつごろだったのでしょう？　亡くなったのは」

「去年の十二月だったようです」

ふたりのことばが、怜史にはうまく理解できない。

ナクナッタ。キョネンノジュウニガツニ。

「そしてごくさいきん発見されたのが、いまからお聞かせするこの音声です。これが彼女の、最後の肉声と考えていいわけですね？」

アナウンサーが問いかけた。初老の男が頷き、

「音声に残された日付を聞くと、まさに彼女の亡くなる直前に録音されたことがわかります。最後のちからを振り絞って、歌ったんですわ」

重々しく告げた。アナウンサーが悲痛な表情を作り、視聴者のほうへと視線を向ける。

「それでは聞いていただきましょう。『Fly Me To the Moon』」

映像が切り替わり、ふたたびあの女性の写真があらわれた。

怜史にはもはや、テレビから流れる歌声しか感知することができない。明るい陽光もにぶい頭の痛みも、そのほかのなにも怜史は感じることができない。

歌が終わった。

荒い息遣いがつづき、そこに鼻を鳴らすような犬の声が交じる。ケンプ？　お前か、ケンプ！

犬の声が遠のく。息遣いがだんだん落ち着いてゆく。途切れとぎれの声が、怜史の耳に届く。

「ただいまの時刻……十二月二十九日、午前零時。……ただいま、れいじ。ただいま

……れいじ……」

怜史の視界が涙で歪んだ。両手で顔を覆い、怜史はテーブルに突っ伏した。嗚咽が、途切れることなく指のあいだから転がり出る。

おかえり、白さん。ずっと、ずっと待っていたよ。

長い旅だったね。おかえりなさい。

どれくらいのあいだ、そうしていただろうか。

やがて怜史はゆっくりと顔を上げ、立ち上がった。疲労も頭痛も、もはや消し飛んでいる。

今宵は半月。観測には決して向いているとはいえない夜だ。

でも、行こう。星を見に行こう。

愛車に「相棒」を積んで。ジャズを口ずさみながら。無限に広がる宇宙へ。懐かしいあのひとに会うために。

半月の子

保険証、母子手帳、おくすり手帳、ハンカチにティッシュ、万一のためのナプキン。あとなにか抜けてるものはないかな、と考えて、そうだ紹介状、いちばん大事なものを入れ忘れているのに気づく。

着替えやメイク道具などを詰めた大型のキャリーバッグから、白い封筒に入った紹介状をそうっと取り出し、ショルダーバッグにしまった。よし、これでもう忘れものはない。だろう。

「よっこらせぃ」

気合を入れて、立ち上がる。臨月を迎えたお腹はまえにもよこにもせり出し、重たいことこのうえない。立つのも座るのも歩くのも、なにもかもが大仕事だ。お腹に子どもがいることがこんなに大変だなんて、じぶんが妊婦になるまでまったく知らなかった。

がらり。部屋のふすまが開いて、

「美咲。はよせえ」オカンが、にゅ、首を突き出した。

「だいじょぶだよー。予約、十一時でしょ。まだ二時間もあるじゃん」

「あほう。ミーコは病院がどれほど混むかわかってへんのや」

オカンに引っ張られるようにして、白の軽自動車の助手席に乗り込む。オカン専用車と化しているこの軽には、フロントガラスの内側や後部座席にびっちりすき間なく、ファンシーなぬいぐるみが飾られている。

「オカン。すごいねこれ」

うちひとつ、カピバラらしきぬいぐるみを手に取って、つくづくと眺める。

「すごいやろ。ぜーんぶクレーンゲームで取ったんやで」

「オカンが？」驚いて聞くと、

「あほう。バイトさきの若い子たちや。うちがゲーセンなんぞ行くか。もったいない」

ぎろん。ひと睨みされた。

あたしは首をすくめると、そのままなるたけシートに深く沈み込む。こんなヤンキーカーに乗っているところをもしも同級生に見られたら、向こう十年は同窓会に行けなくなってしまう。

あたしの心配をよそに、オカンはアクセルをぐぃんと踏み込みスピードを上げ、国道を突っ走る。あたしはなかば無意識に、お腹をかばうように手をあてた。どうやら予約時間より、ずっとずっと早く着いてしまいそうだ。

初めての出産を控え、実家のあるこの町に戻ってきてから、ちょうど一週間になる。ふだんは夫の悠輔と、阿佐ヶ谷の賃貸マンションで生活し、そこから日比谷にある勤め先に通っている。

大学に入るため上京してからちょうど十年。東京暮らしにもすっかり慣れた。友だちもたくさんできたし、かかりつけの病院も、もちろん近所にある。

だから妊娠がわかったとき、最初は東京で産むつもりだった。東京で産んで、そのあと一ヵ月くらい、オカンに出てきてもらって世話をしてもらおうと思っていた。

だがまず、オカンがゴネた。

「いやや。あんなごみごみしたところ、うちは絶対に行かん。世話してほしいならミーコが帰ってこい」

友人や、職場の先輩にも心配された。

「もしも陣痛が、悠輔さん留守のときに起こったらどうすんの。美咲、ひとりで病院行けるの？」

最後は、夫の悠輔に、

「頼む。実家で産んでくれ。おれ、あのお母さんと一ヵ月、この狭い部屋で一緒に暮らす自信がない」

床に額をこすりつけて懇願された。

そんなわけで、里帰り出産をすることに決めた。正産期となる三十七週に入るのを待って、都内から車で三時間ほどの、北関東にある故郷の町に帰ってきた。久しぶりにのんびり歩く故郷の町は、商店街の大部分の店がシャッターを下ろし、量販店と老人ばかりが目立つ、なんだか埃（ほこり）っぽい町に変わっていた。

二十分ほど走り、市立病院に着く。数年前に全面的に建て替えたとかで、八階建てのオフホワイトの病院は、見るからに清潔そうで現代的な佇まいだ。以前の灰色の、まるで収容所のような市立病院の記憶しかなかったあたしは、まずはほっと胸を撫で下ろす。

オカンとともに、正面の自動ドアをくぐる。とたんに驚いた。小学校の体育館ほどあろうかという広さのロビーに、びっしりすき間なくひとが詰まっている。そのほとんどが老人で、長いすに腰かけ、ぼんやり前方の受付あたりを見ている。

「すごいひとだね」思わず呻くと、オカンが、

「どや。早めに来てよかったやろ」鼻の穴をぶわっと広げた。むっとして、

「でもほとんど老人じゃん。産婦人科に関係ないじゃん」言い返すと、

「あほう。月のモン止まった婆ちゃんかて婦人科にはかかるねんで」

言い放ち、せかせかと「初診受付」と書かれた窓口に向かって歩き出した。

オカンに指示されるがまま、そこで問診票を書き、提出する。しばらく待つと、

「福田さん。福田美咲さん」、名を呼ばれ、磁気カードの診察券を渡された。これを持って三階の産婦人科に行き、受付を済ませろ、という。この時点ですでに来院してから四十五分が経過していた。

巨大な迷路みたいな外来棟をうろうろ歩き、ようやく産婦人科にたどり着く。日あたりのよい待合室には、これまたわんさと患者が溢れており、あたしはいっしゅん気が遠くなりかけた。

「なにぼけっとしてんの。はよ受付せな」

オカンに小突かれ、受付に診察券を出す。またしても問診票を渡され、裏表四枚にわたる膨大なそれを、十五分ほどかけて埋めた。

「あの。十一時に予約を入れた福田ですが、どれくらい待ちますかね？」

問診票を差し出しながら、おそるおそる、訊ねる。受付の女性は、パソコンのキィをいくつかいじったあと、「そうですね。いま十人待ちですので、午前中には呼ばれるかと思います」にっこり笑った。

二時間前に来て一時間待ち！　あたしが立ち尽くしていると、すかさずオカンが駆け寄ってきた。

「どやった？」

「あと一時間近く待たされるって」

「そうか。ま、そんなもんやろな」

「いつもこんなに待つの？」

「そや。一時間待ちなんてええほうや。内科なんか三時間はフツーに待つで」

「なんでこんなに混むのー」

「そら病院が減ったからや。人口減や財政難やーいうて、市内の病院、片っ端から閉まってしもたんやもん、どうしたってここに集中する」

そうか。みんな、この町から出ていっちゃったせいか。

あたしは、ついこないだ歩いた、あの閑散としたアーケード街を思い出す。あたしが高校生のころも、すでにだいぶ活気はなくなっていたけれど、でも個人で営む喫茶店やレストランなんかもまだあって、よく放課後友だちとパフェやケーキを食べながら馬鹿話に熱中したものだ。たかが十年。されど十年。あたしが住んでいたときより、町は確実に、縮んでいる。

出ていったもののひとりとしては、返すことばもない。あたしは空いているいすを見つけ、腰を下ろした。オカンがあたしの横に座り、「ぅあー。やれやれ」、盛大に首を鳴らした。お腹の子どもが、ぐーっと足を突っ張る。ワンピースの上からでも、お腹が持ち上がるのがわかる。どうか無事に生まれてきてね。あたしは祈るような思いで、そっとお腹に手をあてる。

「福田さん。福田美咲さん。三十九番診察室へどうぞ」

アナウンスがあったのは、正午を少し過ぎたころだった。あたしは立ち上がり、腰をとんとん、軽く叩いてから歩き出す。オカンはいない。待ち始めて十分も経たないうちに、「ちょっと銀行、行ってくるワ」と言い残し、小走りで去っていった。せっかちなオカンは待たされるのが大嫌いだ。

診察室は、三十六番から三十九番まで廊下を挟んで向かい合うように四つ、設置されている。いちばん手前が三十九番診察室だ。サンキュー産休。なんだか語呂がいい。ちょっと気分がアガる。

「失礼します」

いちばん手前のドアを開ける。淡いピンクを基調とした明るい診察室。長身の若い男性医師が、背中を丸め、紹介状を読んでいた。

主治医は男性か。しかもあたしと同じくらいの歳だぁ。せっかくアガった気分がすぃっと下がる。妊娠するまで産婦人科にかかった経験がないので、あたしはいまでも内診台に上がるのに抵抗感があった。

「えー福田美咲さん。妊娠三十八週0日、ですね」

そう言って医師は、ひょい、こちらを向いた。目と目が合う。その瞬間あたしは、脳天に杭を打ち込まれたみたいなショックを受けた。

進藤くん！ 進藤くんじゃゃん！

高校の三年間ずっと憧れつづけていた男の子が、白衣を着ていま、目のまえに座っている。なんで。どうして進藤くんがここに⁉　混乱と動揺があたしを襲う。

そんなあたしを不審そうに見ていた進藤くんが、いっしゅん「おや？」という顔をした。しまったバレた⁉　悪いことをしてるわけでもないのに、反射的に顔を伏せた。どくんどくん、心臓がものすごい勢いで打っている。

だがどうやら進藤くんは、あたしに気づかなかったらしい。さきほどと同じ口調で、「紹介状、読みました。確かにちょっと血圧と胎児の発達が気になりますね」話を再開した。あたしはうつむいたまま、

「はい……」ちいさな声でこたえる。

「血液検査は異常なしです。ただ尿検査、蛋白がプラスですね。エコーでも、やっぱり標準より胎児がちいさいという結果が出ています。うーん、軽度の妊娠高血圧症候群かな。昔は妊娠中毒症といわれてましたが。初めての妊娠ですよね？　過去に流産や中絶の経験は？」

「……ありません」

ああ、憧れの君にこんなことを聞かれる日が来るとは！　頷いてカルテにペンを走らせると、進藤くんはつづけてこともなげに、

「じゃあまず血圧を測りましょう。そのあと隣で内診しますね」告げた。

がんッ！　今度は脳天を丸太でぶんなぐられたような気がした。

内診⁉　あの台に乗り、股をおっ広げるのか進藤くんのまえで⁉　見られ、指を入れられ、そして――

「一八九の一二四⁉」

血圧を測っていた看護師が驚きの声をあげた。パニクっているあいだに、測られていたらしい。数値を聞いて、進藤くん、いや進藤先生の眉間に皺が寄った。

「高いな。もういちど測ろうか。あ、いいよ、僕が測ります」

進藤先生は看護師から血圧計のカフを受け取ると、あたしの腕を取り、二の腕に巻いた。温かい指さきが、あたしのぷるぷるの二の腕に触れる。こんなことならちゃんと無駄毛処理をしてくるんだった！

じっと聴診器に集中していた進藤先生の表情が険しくなった。

「二〇一の一五三……ちょっとこれは、よくないなぁ」

先生のせいですよ。喉もとまで出かかったことばを呑み込む。

「とりあえず内診しましょう。いちど廊下に出て、隣のドアから入ってください」

カルテに走り書きしながら、進藤先生が、言う。

「あの、あの」

嫌だ、内診されるのは、絶対に嫌だ！　あたしは必死に考えを巡らせる。なんとかしてこの場を切り抜けなくては。なんとかして。動かないあたしを、看護師が心配そうに覗き込む。

「だいじょうぶ？　気分でも悪いの？」

そうか！

「だいじょうぶ、です」

ふらふら立ち上がり、そのまま、がくり、膝を折って座り込んだ。お腹を押さえながら、首を垂れる。

「福田さん⁉　福田さん⁉」看護師があたしの肩を抱いた。

「ストレッチャー持ってきて、早く！」進藤先生がバックヤードに大声で指示を出す。

診察室のざわめきを聞きながら、あたしはこころのなかで手を合わせる。関係者の皆さん、ごめんなさい。福田美咲、一生のお願いです。どうかどうか、いまここで、内診台に上がるのだけは勘弁してください。


「以上でだいたいの説明は終わりです。なにか質問はありますか？」

市田と名乗る年配の看護師は、柔和な笑みを浮かべると、「入院の手引き」をぱたんと閉じた。

あのあとストレッチャーで処置室に運ばれたあたしは、胎児の心音や動きに問題がないかを調べるＮＳＴ＝ノンストレステストを受けた。その結果、胎児に問題はないものの妊娠高血圧症候群で要加療、という診断が下り、そのまま緊急入院することになった。妊娠高血圧症候群、緊急入院、そして進藤先生。いま、あたしは不安をたくさん抱えたまま、産科病棟の四人部屋でよこたわっている。

ベッドのよこの椅子で話を聞いていたオカンが、

「だいじょうぶだと思います。いろいろご面倒をおかけしますが、どうぞ娘をよろしくお願いいたします」

神妙な面持ちで深々とお辞儀をした。こういうときだけオカンは標準語を喋る。保護者会とか、三者面談とか。むかしからそうだった。

オカンは大阪は岸和田の生まれで、根っからの関西人だ。東京に働きに出て、父さんと出会い、あたしと兄ふたりを産んだ。あたしが小学生のときに、父さんが地元であるこの町に転勤になり、オカンとあたしたち兄妹も一緒に移り住んだ(皮肉なことに父さん自身はいま転勤で盛岡にいるけど)。

だからオカンの関東在住歴は、四十年近い。だけどオカンは頑として関西弁をやめない。ちなみにオカン以外の家族四人はごくふつうに標準語を喋る。

「じゃあ私はこれで。なにかあったら枕もとのナースコールを押してね」

立ち上がりかけた市田看護師に向かい、あたしはずっと考えていたことを思いきって言ってみる。

「あの。主治医はやっぱり進藤先生、でしょうか」

「そうです。進藤先生です」

「それって別の先生に代わってもらえませんか」

「は？」

市田看護師が、あたしの顔をまじまじと見た。オカンも吃驚(びっくり)した様子であたしを見ている。

「この病院、ほかにも先生、たくさんいますよね？　誰か、進藤先生以外のかたに主治医をお願いするわけには」

「ミーコ、あんたなにを」

「できません」ぴしゃんと扉を閉めるみたいに、市田看護師が告げる。

「医師の選択は患者さんにはできません。当院では、最初に担当した医師がそのまま主治医になります。よほどの事情があれば、もちろん考慮はしますが。なんですか、なにか進藤先生では不都合な事情があるんですか」

先ほどまでの柔和な笑顔は消え、厳しい表情をしている。

「……いえ。そんな不都合とかでは……」

あたしは口ごもる。元同期生で憧れのひとでした、なんて言い訳、とても通用しそうに、ない。

市田看護師は、ちょっとのあいだそんなあたしを見ていたが、やがて表情を和らげると、

「まあ、若くてかっこいいですからね、進藤先生は。でもそれはそれ、これはこれ。赤ちゃんのためにも、お母さんががんばらないと、ね」

「……はい」

「夕飯のまえに血圧測りますね。それまではゆっくり休んでください」

カーテンをめくり、去っていった。さっそく説教を始めようと、オカンが大きく息を吸う。その機先を制し、

「オカン。あたし病院替わりたい」

「あ?」

オカンが、大口を開けたまま、静止する。

「この病院やだ。別のところがいい。いまならまだ間に合うでしょ。どっか探してよ。お願いオカン」ひといきに喋った。オカンの顔がさーっと赤くなる。

「なにゆうてんの! あほかお前は!」大量の唾(つば)が顔に飛んできた。

「お願い。この通り。頼むよオカン!」

「病院つぶれとるて、市内にもうこころしかないて、ゆうたやろさっき!」

「いいよ隣の市でも」

「隣となりって、どれくらい遠いかわかっとるんか！　うちから車で一時間、かかるんやで！　いざっちゅうとき間に合わへんやろが！」

「じゃあそこで入院する。んでそのまま出産する」

「どあほ！　旅館と違うんやで！『入院したいんですぅ』『あ、ちょうどひと部屋空いてますよぉ』てなわけにはいかんのやで！」

「そりゃそうだろうけど」

あたしはしぶしぶ譲歩する。だが、オカンの勢いは止まらず、

「だいたいミーコは幼稚すぎんのや！　お腹に赤ちゃんおるて自覚なさすぎや！」

これにはむかっと来た。

「あるよ、自覚くらい！　もう十ヵ月もこの子、大事にお腹で育ててきたんだよ！」

「そんならなんでじぶんのことしか考えてへんの⁉　お腹の子ォのこと考えたら、転院するなんて口が裂けても言われへんやないの！」

ことばに詰まる。オカンにわかるわけがない。あたしのこの複雑な思いが、鈍感で無神経なオカンにわかるわけが――

「……もう、いい」

「ええかミーコ。うちがアンタくらいの歳にはな、タカとマサ、ふたりの子ども抱えて仕事して家事やって、おまけにお義母さんの世話もな」

「いいから！　ちょっと休ませてよ！」

叫んで、頭からふとんをかぶった。熱弁を揮うオカンの声が、薄いふとん越しにがんがん響いてくる。


進藤くんは、県立高校の同期生だった。同じクラスになったことはいちどもない。

高校生のころの進藤くんは、野球部主将で生徒会役員、校内模試ではつねに十位以内、さわやかな笑顔にすらりとした長身と、女子に好かれる要素をじゅうぶんすぎるほど兼ね備えていた。

じっさい進藤くんに憧れる女子はわんさかいて、同学年はもちろん、下級生、それに上級生からもしょっちゅう告白されている、という噂をよく聞いた。

いっぽうのあたしといえば、地味ーな眼鏡っ子。日立つのが苦手で、スカートはつねにひざした、成績は中の中くらい、部活は美術部で委員会はやったりやらなかったり。

「これが田舎の女子高生だ！」という見本のような女の子だった。

そんなださださ女子高生が、なぜ校内のスターに恋をしたのか。いまでも覚えてる。

あれは一年生の五月だった。

放課後、美術部のあたしは水彩画の仕上げを、高校の隣にある公園でしていた。暑くも寒くもない快適な日で、五月の空はどこまでも青く、高い。ときどき風に乗って校庭から運動部のかけ声が響いてくる。

あたしはチューブからパレットにいくつも色を絞り出し、この瑞々しい新緑をなんとか表現できないか、夢中になっていた。

ふっ、と木漏れ陽が遮られた。同時に真うしろから声がかかる。

「面白い色、作るね」

驚いて振り向く。野球部の練習用ユニフォームを着た男の子が、あたしの絵を見ていた。恥ずかしくなり、からだで画用紙を隠すようにする。

「別に。ふつうの絵の具だし」

もごもごつぶやく。男の子は、なおも身を乗り出し、

「これ、命の色でしょ」

「え」思わず相手の顔を見る。

彼は、輪を描くように画面中央の大樹を、ぐるり、示して、

「この緑。新しく生まれた命の色。なんかそんな感じがする」

真剣な面持ちで、言った。

そうか。命か。言われて初めて気づく。

新しくこの世に生まれたばかりの命の色を、なんとか写し取ろうとして、あたしはこんなにも必死なのか。

じぶんではことばにできなかった衝動を、ずばり言いあてた男の子を、あたしはあらためて見つめる。見つめられて、ようやく彼は我に返ったらしい。

「やべ。戻んないと」野球ボールを、ぽん、ぽん、右手で投げ上げてみせた。

「その絵、展示する?」

「うん。文化祭で」

「見に行くよ。あ、ごめん名前。おれは進藤といいます」

「森川美咲です」

「森川さんね。じゃまた」

そう言って身を翻し、新緑のなか、駆けていった。

それが進藤くんと初めて交わした会話で、そしてあたしが恋に落ちた瞬間だった。

嵐のようなオカンがようやく帰ったあと、あたしはぐったりとベッドに横たわった。実家にいるときと違って病院では逃げ場がない。口うるさいオカンの攻撃をもろに浴びるのは、ほんとうにしんどかった。

白い天井を見上げながら、思い返す。進藤くん、あたしのこと覚えてなかったな。

仕方ないよね。あたしが一方的に好きだっただけで、友だちでもなかったし、会話すらほとんど交わしたことがないし。もちろん告白なんてできなかった。それに卒業して十年も経ってるし、あたしは大学から東京行っちゃったし。そういえば風の噂で、進藤くんは一浪のあと地元の国立大医学部に受かったって聞いたな。あの噂はほんとうだったんだ。ここにいるのがなによりの証拠だよね。ひとり、自己弁護したり納得したりしていると、

「ねーねー。ちょっとお邪魔してもいーですかぁ」

カーテンの外側から、女性の声がした。あたしはあわてて起き上がり、

「あ、はい。どうぞ」こたえた。

「失礼しまーす」

元気な声とともに、からら、カーテンが開けられた。点滴スタンドを握りしめた女性がふたり、にこにこ笑いながら立っていた。ひとりは小太りで、赤く染めた髪を無造作にひとつに束ねている。もうひとりは線の細い、色白のちいさな子で、さらさらの黒髪を長めのボブにしていた。ふたりともお腹が大きい。

「こんにちはー。あたしあのベッドの菱沼いづみです。よろしくね」

赤毛小太りのほうが窓際のベッドを指さし、ぺこん、頭を下げた。あたしも、

「初めまして。福田美咲です。よろしくお願いします」お辞儀を返す。

「山下愛梨です。あの、お向かいのベッドです」

黒髪ボブ子ちゃんが、小さな声で名乗る。あたしはもういちど、同じせりふを繰り

返した。どうやらこのふたりが、同室の妊婦らしい。菱沼さんの向かいにあたるベッドはいま空いているらしく、裸のマットレスが置かれてある。

「ごめんね、さっきの看護師さんやお母さんとの話、ぜんぶ聞こえちゃった」

菱沼いづみに言われて、

「ごめんなさい！　うるさかったですよね」

あたしはあわてて謝った。いづみさんは笑って手を振り、

「いーの、それは全然。でもさ、かなり強烈なお母さんだねぇ」

「そうなんですよー。口やかましいっていうか、ひと言多いっていうか」

「どこも一緒だよ。あたしもしょっちゅう親とケンカしてる。でさ、福田さんは妊娠中毒症なんだね」

たいして悪びれもせず、ぺろんと言った。隠すことでもないので、あたしは素直に頷く。

「おふたりも中毒症ですか？」

「ううん。あたしも愛梨ちゃんも切迫早産。ね？」

いづみさんのことばに、山下愛梨がこくんと頷いた。

切迫早産とか切迫流産とか、あたしもじぶんが妊娠するまでよくわからなかったが、要は「早産（流産）する切迫した危険があるぞ」ということらしい。

「福田さんはいま何ヵ月？」

いづみさんが、あたしのお腹を眺めながら、聞く。

「十ヵ月です。三十八週と0日」

「じゃあもう正産期入ってるんだ。いつ産まれてもいいんだ」

「でも子どもがちっちゃくて。今日測ったら二三〇〇くらいしかないって」

あたしはうつむいた。マタニティ雑誌などを読むと、赤ちゃんの体重は二五〇〇グラム以上が望ましいとよく書かれている。

「でも二三〇〇でしょ。あとちょっとじゃない。それに三十八週だったらもう身体(からだ)はできてるから、うん、だいじょうぶだよ、そんなに心配しなくても」

笑顔で励ましてくれた。

いづみさん、いいひとかもしれない。赤毛小太りとか思ってごめんね。あたしは感謝と謝罪の気持ちを込めて、笑顔を返す。

「菱沼さんは何ヵ月ですか？」

「あたしはまだ六ヵ月。さきは長いよー」

「山下さんは」

「私は九ヵ月です。ようやく三十五週に入ったところ」

「愛梨ちゃんも六ヵ月のときから入院してるんだよね。この部屋でいちばん長いよねー」

「え、三ヵ月も？」あたしは驚く。愛梨ちゃんが恥ずかしそうに、

「出血しちゃって。急いで病院行ったら『即入院。絶対安静』って言われちゃって」

「そうそう。切迫のときは絶対動いちゃいけないんだよねー」

かかかっ。いづみさんが大きな口を開けて笑った。大物なのか鈍感なのか、いまいちよくわからない。

「それより福田さん、さっき頼んでたよね、看護師さんに。『主治医、進藤先生じゃない先生にしてくれ』って。なんでそんなこと言ったの？ 進藤先生、いい先生だよ、すっごく」

いづみさんが、さっきまでオカンの座っていた椅子に腰かけた。愛梨ちゃんも、反対側の椅子に座る。

「えーと、ですね……」

どう言ったものか、迷う。正直に話してしまおうかとも思ったが、回りまわって進藤くんの耳に入ったら困る。

「美術部の森川美咲」より「一妊婦の福田美咲」として接してもらうほうが、ずっとずっと気が楽だ。けっきょく、

「進藤先生、イケメンすぎて。あたし、あんまり男性に慣れてないっていうか。おじいちゃん先生でも緊張するのに、あんな先生に診られたんじゃ落ち着かないっていう

か」無難な言い訳を口にする。いづみさんも愛梨ちゃんも大きく頷き、

「わかるわかる！　やっぱさ凹むよねー内診とかさー」

「女の先生がいたらいいのにって思います」理解してくれた。ほっとする。

「それでなくても嫌だよね。いくら『ここにいれば安心なんだから』て言われても、入院は、さ」いづみさんが、ぽそっ、つぶやく。

「元気な赤ちゃん産んで、早く帰りたい。ですよね」

そんないづみさんを見ながら、愛梨ちゃんがそっと、じぶんのお腹を撫でた。本当にほんとうに、みんな無事に生まれてきますように。

その夜、夕飯のあと。あたしはベッドわきに置いてあるテレビをぼうっと眺めていた。毎週見ているバラエティ番組だったが、今夜に限ってはまったく頭に入ってこない。ただがちゃがちゃ煩いだけだった。

悠輔には夕方、電話でことの次第を伝えた。悠輔は驚き「すぐ病院に行く」と言ってくれたが、赤ちゃんが生まれてから休みを取るため、いま猛烈に働いて仕事を片付けていることを、あたしは知っている。だからつとめて明るく、

「来なくていーよ」

「でも」

「だいじょうぶ。オカンが毎日来てくれるし、ほかの妊婦さんとも友だちになれたし、先生もいい先生だし」

最後のひと言だけ、ちょっと小声になってしまった。

なにかあったらすぐ連絡すること、朝・昼・夜と一日三回必ずLINEすることなど、いくつか約束して電話を切った。つくづく、いいひとと結婚できたなぁと思う。つづけて、十年もまえの片思いにいまだに振り回されているじぶんを思い、また落ち込んだ。

もう寝よう。全然眠くないけど。テレビを消したとき、

「福田さん。ちょっといいですか」

カーテンの外で声がした。進藤先生だった。

「あ。はい、どうぞ」言いながら、すばやくじぶんをチェックする。パジャマよし、髪よーし。しまった、眉毛！　さっき歯を磨いたとき、ついでにメイクも落としちゃったんだ！

「失礼します」

カーテンを分けて、進藤先生が入ってきた。時すでに遅し。明日からはフルメイクで寝よう。

傍らの椅子に腰かけると、進藤先生は、静かに話し出した。

「さっき市田看護師と話をして。福田さんが僕を主治医からはずしてくれるよう頼ん

だ、と聞きました」

　ぶわっ。汗がわきから額から、いっぺんに噴き出した。あたしは掛けぶとんに目を落としながら、

「……はい……」小声でこたえた。

　いづみさんと愛梨ちゃんがテレビを消した。うう。きっと息を殺して耳をダンボにして、このやりとりを聞いているに違いない。

「なぜでしょうか。理由までは聞けなかったと、市田さんも言っていましたが」

　進藤先生はあくまで冷静だ。

　あたしは指でふとんの皺を撫でながら、

「理由、と言われましても……」口ごもる。

「理由はない。でも僕では嫌だ。そういうことですか」

　あたしは押し黙る。わかっている。いかにじぶんが理不尽なことを言っているのか。なんの罪もない進藤先生をどれだけ困らせているのか。ちゃんとわかっている。

　いっそ話してしまおうか、高校時代のこと。呆れられるかな。いや軽蔑されるかも？　どうしよう、どうしよう。

　あたしが耳までまっ赤にして、(こころのなかで) 悶え苦しんでいると、

「……わかりました。僕ははずれます」すっと、進藤先生がことばを発した。

さい。それでいいですね」

「代わりに望月先生に主治医になってもらいます。大ベテランですから安心してください。それでいいですね」

進藤先生が、まっすぐにあたしを見つめていた。あたしはおどおどと、

「え、あの、いいんですか。そんなことできるんですか」

「例外中の例外ですけど。どうやら福田さんは僕を見ると緊張してしまうようだし。それでは治療している意味がないし。そもそも大事なのはお母さんと赤ちゃんの健康ですから、それが損なわれるのであれば、致し方ないでしょう」淡々とつづけた。

「ありがとうございます！」あたしはふとんに額がつくほど、深くお辞儀をした。

「じゃあ僕はこれで」

「はい！　ありがとうございました！」

あたしは、晴れ晴れとした気持ちで、もういちど頭を下げた。

いったん出ていきかけた進藤先生は、「そうそう。ひとつ言い忘れていました」、カーテンの手前で立ち止まり、

「いくら主治医をはずれたといっても、もし僕が当直の日に出産が始まったら、そのときは僕が取り上げますから。いくら嫌だといっても、これればかりはどうにもなりませんから」爆弾を落とした。

「では、おやすみなさい」

こつこつ。先生の去っていく靴音が耳に届く。

もろに被弾してしまったあたしは、ただひたすらベッドのうえで、その衝撃に耐えていた。

翌日の夕方。大荷物を抱えたオカンが見舞いにやってきた。

「ミーコ退屈しとるやろ思てな、いろいろ持ってきてやったで」どさり。ベッドの足もとに置く。

「なにこれ」書店の袋を手に取る。

「クロスワードの雑誌や。暇つぶせて頭良ぅなって、しかも景品が当たるかもしれへん。一石三鳥や」

「こっちは」やたらかさばるレジ袋を指すと、

「ベルマーク」

「ベルマークぅ？」

「婦人会で集めてるんや。マークんとこだけ切り取っとって」

ハサミを渡された。思わず頭を抱える。なに考えてんだオカン！

「あとな。これ」

オカンは紙袋から、白い布をひと巻き、取り出した。

「今度はなに」

「さらしや、さらし。ミーコ、巻いてへんやろ」オカンは、布を広げ始める。

『妊娠五ヵ月になった戌の日にさらしを巻くと安産になる』、確かにいろんなひとに聞かされたけど、あたしは巻いていなかった。外回りもあるような仕事をしていたのだ。あんな面倒なもの、いちいち巻いていられない。だがオカンは、

「妊婦には冷えがいちばん良ぅないんや。なのにミーコときたら、短いスカート穿いたり、裸足でサンダルやったり。しかもさらしも巻かんで。だから中毒症になんかなるんやで」さらしをあたしに押しつけた。頭にかっと血が上る。

「関係ないよ、そんなの！　ただの迷信。てか迷信以下！」

「ないことあらへん。オカンだってちゃんと巻いとったで」

「三十年もまえの話でしょ！」

「ごちゃごちゃいわんと巻いとけ！　親の話は聞くもんや！」

「巻かないから！　絶対、そんなもの！」

「そんなもんとはなんやぁ！」

オカンとあたしは睨み合った。カーテンの向こうでいづみさんと愛梨ちゃんが、固唾を呑んで見守っている気配がする。そのとき、

「あのぉ。すみません。超音波検査の時間なんですが……」

若い看護師が、おそるおそる、カーテンを開けた。あたしは救われた気持ちになり、

「とにかくいらない。持って帰って」

さらしと、ついでにベルマークの入ったレジ袋をオカンに押しつけ、ベッドから下りた。

「このどあほ！　馬鹿娘！　親不孝者！」

オカンの怒鳴り声を背中に聞きながら、あたしはさっさと病室を出る。呼びに来てくれた看護師が、必死でオカンをなだめている声がする。


朝食、検温と血圧測定、昼食、検温と血圧測定、NST、夕食、検温と血圧測定。

入院生活は、毎日が判で押したように同じで、しかも退屈極まりない。

二十四時間点滴しているいづみさんや愛梨ちゃんたち「切迫早産チーム」に比べ、妊娠中毒症のあたしは治療といっても、たいしたことはない。安静にすること。食事から塩分を減らすこと。それくらいのものだ。

塩分のない病院食は、はっきりいって激マズだった。メインがうどんのときなど、つゆの塩分を考えてのことだろうが、メイン自体がない。副菜とくだもの、それだけ。

食事のたびに憂鬱になるけれど、刺しつづけている点滴のせいで両肘の内側とも紫色

に腫れ上がっているいづみさんと愛梨ちゃんを見ると、いかにじぶんが恵まれているか、わかる。三ヵ月入院している愛梨ちゃんなど、もう肘の内側は限界で、手首に針を刺していることもある。

「肘よりずっと痛いんだ」

折れそうに細い手首に太い点滴針を刺し、けなげに笑う愛梨ちゃんを見ていると、あたしもがんばらなきゃ、と思う。

そんなある日のこと、愛梨ちゃんの枕もとでお喋りをしていたあたしは、ベッドわきの物入れのうえに、いっぷう変わったカレンダーを見つけた。

「愛梨ちゃん、これなに？」聞きながら手に取った。

そのカレンダーは、卓上に置くちいさなもので、一ヵ月が一枚のカードになっている。それだけなら珍しくもなんともないが、愛梨ちゃんのカレンダーは数字がすべて漢字で、しかも日づけも曜日もなんだかずれていた。そしてすべての日づけの欄に、でん、と大きく月のイラストが描かれてあった。

「陰暦カレンダーだよ」

「陰暦？」

「ほら昔の日本の。太陽じゃなくてお月さまで暦（こよみ）を決めたやつ」

「なんでこんなものを？」

「ほらよく言うじゃない。『出産は満月と新月の日に多い』って。だからこれを見て『あ、今日は満月だから危ないぞ』とか『今夜は三日月だからきっとだいじょうぶ』とか、確認してるわけ」

「なーるーほーどー！」

あたしは大いに感心した。その説はあたしも聞いたことがある。確か月の満ち欠けにより、海が満潮や干潮になるのと一緒で、羊水も月の影響を受ける、とかなんとか。

「迷信かもしれないけど。私、まだ産み月じゃないから、満月の日は特に安静にしようとか、とにかく気をつけようと思って」

そう言って照れたように笑った。愛梨ちゃんの涙ぐましいまでの努力に、あたしはひたすら感動した。

そのとき、稲妻のように、天啓がひらめいた。


「……ねえ美咲ちゃん。あのさ、そのカレンダーなんだけど」

その日の夕食後。あたしのベッドのよこの椅子に腰かけた愛梨ちゃんが、おずおず、枕もとの卓上カレンダーを指さした。カレンダーには四日に一日くらいの割合で、おおきく×印が書いてある。

「その、×がついてる日って、いったいなんなのかなあ」

あたしは得意満面で、こたえる。

「これはね、『この日は産んじゃダメ』っていうしるし」

「でも美咲ちゃんは、もう正産期でしょう？　あとちょっと赤ちゃんが大きくなったら、もういつ生まれても」

「うん、でも×の日はだめなの。産んじゃいけない日なの、絶対。だから気をつけなきゃと思って。愛梨ちゃんの陰暦カレンダー見て思いついたんだ。ありがとね、愛梨ちゃん！」

「どういたしまして……よくわかんないけど」

そう言うと愛梨ちゃんは、なんともフクザツそうな顔をした。

入院してからちょうど一週間目。待望の退院許可が出た。その日、診察してくれた望月先生は、

「うん、血圧も安定してるし、胎児も二四〇〇まで育ったし。週数も今日から三十九週だから、あとは自宅で静養していればいいでしょう」ごま塩のあごひげを撫でながら、おおきく頷いた。オカンに電話して、実家に戻ると告げる。

「タクシーで帰るから」

「迎えに行くから待っとれ」

「いいよ来なくて。ひとりで帰れる」

「あほう。タクシー代もったいないやないか」

口ごたえするのも億劫で、けっきょく来てもらうことにした。

「いろいろお世話になりました」

久しぶりにパジャマからワンピースに着替え、同室のふたりに頭を下げる。いづみさんが、

「やだー淋しくなるじゃん。どうせもうすぐ出産でしょぉ。このままここにいなよー」

あたしの腕を取って、ぶんぶん振った。あたしは笑いながら、

「うん、きっとすぐ戻ってくると思うけど、とりあえず一回帰って、ちゃんとしたもの食べたい」いづみさんの手にじぶんの手を重ねた。

いづみさんと愛梨ちゃんに見送られて、病室を出る。そのまま地下駐車場に下り、オカンのヤンキーカーに乗り込んだ。ほんの一週間前、この車に乗って検診に来たのが、まるで遠い昔のように思えた。

「んじゃ行くで」

オカンが車をスタートさせる。駐車場を出て、車の流れに乗った。オカンがドヤ顔で、

「嬉しいやろ。家に帰れて」じぶんの手柄でもないくせに、えばる。

「べつに。入院したままでもあたしはよかったんだけど」

窓の外を見ながら、ぼそり、言い捨てた。オカンはべらべらと、バイトさきのコンビニの話や芸能人のゴシップなど、どうでもいいことを喋っている。あたしは聞いているふりをしながら、帰ったらなにを食べようか、それだけを考えていた。

背脂ぶりぶりラーメンとかビッグマックとか。ピザもいいな。激辛麻婆豆腐にタワーみたいなパンケーキ――。ありとあらゆる「妊婦に悪そうな食べもの」を思い描いていると、突然、下腹に違和感を覚えた。なんだろこの感じ。あたしはすこし腰を浮かす。と、なにか液体が、一気に溢れ出すような感覚があたしを襲った。まさか出血⁉ あたしはあわてて下着のなかに指さきを入れる。だが指についてきたのは、血ではなく、なにか透明な液体だった。これは。これはもしや。と、ふたたび、どばっと水が溢れる感触。

「……オカン」

「なんや」

「……破水、したみたい」

「でぇぇぇッ⁉」

オカンが急ブレーキを踏む。後続の車が激しくクラクションを鳴らした。

「破水て破水て」

「わかんないけど、なんかさっきから水が出てくる。ほらもうびしょびしょだよ」

泣きたいような気持ちで、あたしはお尻をずらして見せた。グレーのシートがぐっしょりと濡れ、黒く変色している。

「……えらいこっちゃ！」

オカンは車を急発進させ、そのまま強引にUターンした。あちこちで盛大にクラクションが鳴った。


「どしたの。忘れ物？」

トイレから出てきたいづみさんは、廊下を歩くあたしを見るなり、驚いたように大声をあげた。あたしは目を伏せながら、

「……破水しちゃって」

「はあ⁉」

「再入院なの。はははは……」

笑うしかなかった。いづみさんが、そんなあたしを憐(あわ)れみの目で見つめ、ひと言、

「……退院しなきゃよかったね」と言った。

陣痛も起き始めていたので、そのまま陣痛室に入った。初めて入る陣痛室には、おおきな抱き枕やらヨガマットやら、いろいろ不思議なグッズが揃(そろ)えてあった。いちばん

不思議だったのがおおきな木馬で、「これはなにに使うんですか」と助産師に聞くと、「陣痛逃しよ。またがって揺られるとすこし楽になるわよ」と言われた。ほんとうだろうか。

ベッドに横たわり、周期的にやってくる痛みに耐える。だいたい十分間隔だった。

望月先生が内診をしてくれる。

「子宮口がまだ三センチしか開いてないから、分娩は、まあ半日後ってとこかな。初産だし、もうすこしかかるかもね」

気楽な調子で言い、がに股でどすどす陣痛室を出ていった。半日後。ということは今夜の午前零時ころか。

「オカン。あたしのバッグからカレンダー出して」

「ええやんか、そんなもん」

「いいから出してぇ。あ、来た来た来た、ふぅ、ふうぅぅー」

オカンがあたふたとバッグを掻き回し、カレンダーを手渡してくれる。今日も明日も「×」はついていない。あたしはこころの底からほっとした。よし、産んでオッケー！

陣痛の間隔は、時間とともにだんだん短くなっていった。それとともに痛みも増してゆく。最初のころは深呼吸で逃せていたものが、夜の八時には、唸り声をあげないと耐えられないくらいにまでなっていた。

オカンはずっとあたしのよこに張りつき、「痛いのはいまだけや」「オカンなんか三人も産んだ」「明けない夜はないんやで」わかりきったことを並べ立てる。どうやら叱咤激励しているつもりらしい。

「オカン、悠輔に電話してくれた？」

「したした。朝には着けるようがんばるて」

「え。じゃあ出産に間に合わないじゃん。立ち会いしてくれるって言ってたのに」

文句を垂れると、

「なに甘えたことゆうてんの。出産は女の戦いや。分娩台は女の戦場や！」

どぉん。思いきり背中をドヤされた。

九時。なにかおおきなものが、下腹をどんどん下ってくる感触がする。付き添っている助産師にそう告げると、望月先生を呼んでくれた。内診台に上がる。あおむけになるのが死ぬほどつらい。

「うん、子宮口全開してるね。そろそろ分娩室に移ろうか」

来た。ついにこのときが来た。助産師が書類をめくりながら、

「えーとご主人の立ち会い希望でしたよね、確か」

「はい。でも間に合いそうもなくて」

「そうなの。じゃあお母さんに立ち会ってもらう？　誰かいてくれたほうが安心でしょ」

そうかオカンか。こんなオカンでもいないよりましかもしれない。オカンを見上げ、

「オカン。よろしくね」

神妙に首を垂れる。するとオカンはみるみる青ざめ、じりじりあとじさりながら、

「……い、いやや。出産なんてそない生々しい現場、うちは絶対いやや！」

激しく首を振った。耳を疑う。

「出産は戦いでしょ、分娩台は女の戦場なんでしょ⁉　だったら援軍になってよ！」

「かんにんしてやー！」

叫ぶやいなや、オカンはものすごいスピードで走り去っていった。

「オカーンッ！」

なんということだ。あれだけ偉そうに説教していたくせに。これじゃ敵前逃亡じゃないか。馬鹿オカン！　母親失格だ！

憤りながら分娩室に移動する。隣の部屋に行くだけなのに、陣痛がやってくるたび立ち止まっているので、やたら時間がかかった。

やっとの思いで分娩台に上がる。望月先生と助産師のふたり態勢だ。

「はーい、じゃ次陣痛が来たら、いきんでみましょうねー」

「はい。あ、来たッ。う、ううーん」

「はーい、声は出さないでねー。ちから逃げちゃうからねー」

「はい……んーッ……」

「はーい、目は閉じないー。毛細血管切れてすんごい隈（くま）できちゃうよー」

助産師はいとも簡単に言うが、なにせすべてが生まれて初めての体験だ。まさに四苦八苦しながらいきんでいると、急に隣の分娩室があわただしくなってきた。どうやらもうひとり、産気づいたらしい。簡単なついたてで仕切られているだけなので、向こうの声や気配がよくわかる。

「望月先生！ ちょっといいですか」

市田看護師が、険しい表情で望月先生を呼びに来た。

「ちょっと待っててね。あ、産むなら産んじゃっていいからね」

そう言って隣の部屋へ駆けてゆく。

「産むなら産んじゃって」って、そんな犬や猫じゃあるまいし、簡単に産めるかい。

憤慨していると助産師が、

「だいじょうぶよー。福田さん、骨盤もお尻も大きいし。典型的な安産体型だから」

慰めのつもりか、優しくことばをかけてくれた。でもあんまり嬉しくなかった。

その後も陣痛がくるたびにいきんだ。ちょっとずつ胎児が下りてくるのはわかるのだが、なかなかすんなりと出てきてくれない。望月先生は、あたしと向こう、同時に診ているのか頻繁に行き来している。だが、だんだんこちらにいる時間が短くなり、あっちに入り浸るようになった。

市田看護師が走ってきて、助産師になにやら耳打ちした。助産師は、うんうんと頷いている。

「じゃあそういうことで」市田看護師は、あたしを見ていっしゅん複雑な表情を浮かべると、また走って戻っていった。

「点滴、早くッ！」

「胎児の心拍は⁉」

「もうすこしだからね、がんばって！」

あちら側から、緊迫した声が響く。

「なんか、大変そうですね、向こうのひと」気になって助産師に言うと、

「だいじょうぶ。望月先生はじめベテランのスタッフがたくさんついてるから」

はい？

「え。だって望月先生はあたしの担当じゃ」

「それなんだけど」

「遅くなりました」

ばん。分娩室のドアが開き、手術衣を翻しながら進藤先生があらわれた。あたしは声もなく、ただただ進藤先生を見つめる。

「ちょっと大変なお産が入ったので、望月先生はそちらに回りました。福田さんのお産は僕が引き継ぎますから」淡々と、言う。

「まま、待って！　だって今日は先生非番のはずじゃ」

「仕方ありません。急患ですから」

進藤先生はそう言うと、分娩台の向こうへ回った。あたしはぱっと足を閉じる。

「なにやってんの！」助産師が大声を出した。

「嫌ですッ！　進藤先生に診られるのは嫌ですッ！」あたしは泣きそうな顔で、いやいやをした。進藤先生のおだやかな顔が、見る見る険しくなる。

「あなたは……この期に及んでまだそんなことを」

「この期に及んじゃったからこそ言うんです！」

「あのね、福田さんね」進藤先生が喋り始めたとき、

「あああああーッ！」

獣の咆哮（ほうこう）のような悲鳴が、隣から響き渡った。あたしは耳を疑う。まさか。でもいまの声――愛梨ちゃん!?　愛梨ちゃんなの!?

「もしかして隣、愛梨ちゃん、山下さんですか!?」

ちら、と助産師が進藤先生を見やる。進藤先生はちいさく頷いて、

「そうです。容態が急変して」

「だってまだ産み月じゃないのに」

「そういうこともある。出産というのは、なにが起こるかわからない大変な仕事なんですよ」

ふたたび愛梨ちゃんの悲鳴が聞こえた。あたしは愛梨ちゃんの、細い腕や首、そしてからだを思い出す。あのちいさなからだで、愛梨ちゃんはいま赤ちゃんを産もうとしているのだ。必死に。

進藤先生が、静かに話し始めた。

「……福田さん。あなたはこれから母になる。でもね、僕は思うんだ。『母になる』ことと『母親になる』こと、これはまったく違うものなんじゃないかって」

あたしは目を見開き、進藤先生の顔を見つめる。

「子どもを産めば誰だって母にはなれる。けどね、『母親』になるのは簡単なことじゃない。子どもの命を預かり、責任を持って育てていく。嫌なことも苦しいことも、つらいことだってたくさんあるだろう。でも投げ出すことはできない。すべて引き受けて、生きていくしかないんだ。それが親になるということであり、命を生み出したものの、義務であると思うんだ」

そして進藤先生は、あたしの目をまっすぐに見つめ、

「強くなれ。そしてたくましくあれ。これから生まれてくる子どものために。なによ

り福田さん、あなた自身のために」ことばを届けてくれた。

強くなれ。たくましくあれ。子どもとじぶんのために。

あたしは目を閉じた。愛梨ちゃんの荒い息遣いが聞こえてくる。愛梨ちゃんがんば
って。あたしもがんばるから。

目を開け、無言で頷いた。もう迷いはなかった。足を開き、深呼吸する。同時に、
強い痛みがやってきた。

「あっ、いーよいーよ福田さん。もう赤ちゃんの頭が見えてるよー」

助産師が弾んだ声を出す。進藤先生が、

「次の陣痛で肩まで行こう。息を整えて」

「はい。あ、う、ううう―！」

あたしはいきんだ。助産師が、

「だいじょぶ！　肛門押さえたから！　うんちもれたりしないから！　ぞんぶんにい
きんで！」

捨てたはずの迷いが甦りそうになる。だめだ、考えちゃだめだ！

いまはひたすらこの子を産むことだけを。

「うーうーううー」

「肩がひっかかってるから切るね。ちょっと我慢」

ばちり。音がして、局部に鋭い痛みが走った。あたしは思わず「痛だっ」、呻く。

ああこれが噂の会陰切開か。

出口が広がったせいか、胎児のからだが、ずるん、大きく前進した。

「いきんで！」助産師の声と同時に、「ふン！」、あたしは持てる限りのちからを、下半身に込めた。ずるるっ。なにかおおきくてぬるぬるしたものが、すごい勢いであたしのからだから飛び出した。

「うわっとっと」進藤先生が、あわてて「それ」を受け止める。

「おめでとうございます！　元気な男の子ですよ！」助産師の声と、「ぐぎゃー！」、子どもの産声が重なった。ずいぶん野太い声で泣くもんだなぁ。放心状態で、あたしは考える。

「……さっきは、偉そうなことを言ってすみませんでした」

ちくちく。切開した場所を縫合しながら、進藤先生が謝った。

あたしの隣には、産湯を使い、ほかほかと湯気を上げる赤ちゃん。いまはまっすぐ口を引き結び、難しい顔で眠っている。

「いえ。そんな」

「僕自身はまだ親になってないくせに……」

「先生」

「はい」

「山下さんはだいじょうぶでしょうか」

「緊急帝王切開になりましたけど、母子とも元気だそうですよ」

「よかったぁー」

「はい終わり。抜糸は退院の日にやりますね」

愛梨ちゃんも赤ちゃんも無事なんだ。しかも同じ誕生日。なんだか二重に嬉しい。

進藤先生は立ち上がると、そっとタオルをあたしの下半身にかけてくれた。

「先生、退院っていつくらいですか」

「四、五日でできると思いますよ」

「え。そんなに早く」

「いまはだいたいそんなもんですよ。退院したら、しばらくはご実家に？」

枕もとに向かってゆっくりと歩いて来、そばに置いた椅子に腰かけた。

「はい。一ヵ月くらい世話になろうかと」

「ご実家はどのあたり？」

「中町三丁目です」

「もう絵は描いてないの？」

「はい。大学までは描いてたんですけど」

……絵？　ええっ⁉　弾かれたように進藤先生を見る。悪戯っぽい笑みを浮かべた
「進藤くん」が、そこに、いた。

「……気づいてたんですね……」あたしは呻く。

「もちろん。最初に診察室で会ったときからわかってたよ」

「なんで言ってくれなかったんですかー」

「そりゃ医者と患者だから。私情を挟んじゃまずいでしょ」

「そりゃそうですけど」

言いかけて、はっ、あたしはようやく思い至る。見られたんだ。「美術部の森川美咲」の、あんなところやこんなところを、大好きだった進藤くんに。かあああっ。頬に血が上るのが、じぶんでもはっきりわかった。だめだ。もう進藤くんの顔が見られない。

「……また、描きなよ、絵」ぽつり。進藤くんが、言う。

「おれ、好きだったよ、森川さんの描く絵」

そう言って進藤くんは、ぽん、あたしの肩をひとつ叩いた。

『これ、命の色でしょ』

十年以上まえの、あの日の記憶が甦る。

『この緑。新しく生まれた命の色。なんかそんな感じがする』

ああ、そうだ。

あのときあたしは進藤くんのあのひと言で「いままで知らなかったじぶん」に気づけたんだ。

そして、それは、いまも、また。

あたしは勇気を振り絞り、顔を上げ、まっすぐ進藤くんの目を見つめた。

「……進藤くんにだけは診られたくないって、ずっと思ってた」

「だよね。気持ちはわかるよ」進藤くんが、苦笑いを浮かべる。

「でもね、いまは違う。……よかったって、思ってる。ほかの誰かじゃなく、進藤くんにこの子を取り上げてもらえてほんとうによかった、って」

無言のまま進藤くんはあたしを見下ろしている。あたしはひとつおおきく息を吸い、

「まだまだだけど。全然これからだけど。ゆっくりでも『母親』になります。なれるように、がんばり、ます」大切にことばを、置いていく。

進藤くんは、顔じゅうに笑みを広げ、

「ゆっくりでいいと思うよ。なにせ一生かかる仕事だからね」こたえた。

「一生、かぁ……」

「そう、一生。だからつらいときは、どんどん周りに頼ればいい。ひとりでなにもかも背負うことなんて、たぶん誰にもできない。きっとみんなそうやって、子どもを産

み育て、次の世代へ、そしてさらに次の世代へと、バトンを繋いできたんだと、僕は思うよ」

親から子へ。子から、さらにその子どもへ。鎖のように繋がり合う、途方もない時間と生命の流れを、あたしは、想う。

「じゃ僕はこれで。おやすみなさい」立ち上がり、ドアに向かって歩き出す。

「先生」

背中に声をかける。立ち止まり、ゆっくり振り向いた。

「……ありがとう、ございました」

「……どういたしまして」

笑みをひとつ浮かべ、進藤先生は部屋を出ていった。

静けさが部屋に満ちる。あたしはぼうっとしたままなにげなく窓を見やる。カーテンのすき間から、ちょっきり半分切り落とした、ぴかぴかの月が輝いて見えた。

なんだ。半月でも子どもは生まれるんだ。そりゃそうか。そりゃそうだよな。

赤ちゃんが「くぷぷ」、くちびるを震わせた。あたしは、そうっと、皺くちゃの赤黒い頬(ほ)っぺたを撫でた。

だいじょうぶ。ひとりじゃないからね。これから、ずっと。

やわらかい月の光が、あたしと赤ちゃんを包み込む。

退院の日。いづみさんと愛梨ちゃんに挨拶を済ませて病室に戻ってくると、「べろべろばぁ」、オカンがひとり、ものすごい形相で赤ちゃんをあやしていた。

「あれ。悠輔は？」

「下で精算しとる」

「オカン」

「なんや」

「顔、怖い」

「怖いことあるかい。さっきから嬉しそうに、にまーにまーて笑いよるで。なあ？」

赤ちゃんに笑いかけるオカン。はっきりいってなまはげ級の破壊力だ。なおもあやしつづけるオカンを見つめ、

「オカン。ありがとうね」

あたしはゆっくりと頭を下げた。オカンは面食らったように、

「はあ？　なにをあんたいきなり」

「オカンがあたしを産んで育ててくれたから、あたしもこうやって子どもを産むことができたんだよね。ありがとう、オカン」

相当照れ臭かった。でも半月のあの夜からずっと、ちゃんと言わなくちゃと思って

いた。

オカンはいっしゅん眩しそうにあたしを見つめ、それから、ぷい、顔を背けると、「なにいまさらアタリマエなことゆうてんねん、この子は」早口でつぶやいた。赤ちゃんが、「ふがっ」鼻を鳴らした。

「おお。よしよし」オカンが優しく左右に揺する。

あたしは赤ちゃんの顔を覗き込む。この鼻、見れば見るほど悠輔にそっくりだ。目もとはオカンに、そして眉毛はあたしに――

赤ちゃんが本格的にぐずり始めた。

あたしはオカンから赤ちゃんを抱き取るため、ゆっくり両手を伸ばした。

星球（ほしきゅう）

劇場には真の闇があると、演劇を始めてから知った。

いま、舞台は暗転中だ。わたしは両手を顔のまえにかざしてみるが、輪郭はおろか、そこに手があることさえわからない。

舞台中央が、ほんのり明るみ始めた。闇は消え、わずかな明かりがわたしのもとまで届く。

ちいさな明かりの輪のなかに、すっくりと立つキノさんのすがたが見える。おおきな瞳が、客席中央を射すくめるように見つめている。視線のさきには、演出家である若槻さんのすがた。誰もいない客席に座り、腕を組み、ややまえのめりになって舞台に集中している。

キノさんはそんな若槻さんを、主演女優として、舞台のうえで正面から見ている。わたしはそんな若槻さんを、劇作家として、客席の隅っこで背中から見ている。

キノさんが、静かにせりふを語り出す。

本番まえ最後の通し稽古＝ゲネプロが始まった。

わたしはちいさいころから本が好きで、空想にばっかり耽っている子だった。運動神経がめちゃくちゃにぶいこともあり、休み時間、友だちが外でドッジボールに興じているときも、ひとり薄暗い教室に残り本を読んでいる、そんな子どもだった。

本の世界なら、ボールを受け取れなくて怒鳴られたり、あてられて馬鹿にされなくて済む。本は、わたしの数少ない味方だった。そして空想の世界で、わたしはなんでもできる「神さま」だった。

もうひとつ、わたしが本にのめり込んだ理由がある。それは、わたしが「そんなに美人じゃない」という事実だ。

いや、じぶんでじぶんをかばってどうする。はっきり言おう。わたしはブスだ。それもかなりのブスである、と思う。

わたしの「ブス人生」において、いまだに忘れられないエピソードがある。

あれはわたしが小学校一年生のとき。卒業式で、お世話になった六年生にじぶんで作った造花を渡す、という儀式があった。たぶん出席番号かなにかで適当に割り振られたのだと思う。わたしが渡す相手は、いちども話したことのない、利発そうな男の子だった。

六年生に向かい合うように一年生がならぶ。「ありがとうございました!」、先生の合図でいっせいに頭を下げ、目のまえの六年生に造花を差し出した。男の子は造花を、指で摘むように受け取ると、ちら、わたしを見て、隣の同級生に向かい大声で叫んだ。

「すげえ!　せんべいみたいな顔してる、こいつっ!」

その日から、わたしのあだ名が「せんべ」になったのは想像に難くないだろう。

言霊は怖い。せんべいの呪いは恐ろしい。

顔だけでなく、わたしの胸も尻も「せんべい化」がちゃくちゃくと進行し、どっちが表でどっちが裏かわからないほど凹凸のない女に、わたしはなっていく。

こんなじぶんには一生恋人などできないだろう。

容姿にすっかり自信をなくし、高校を卒業するころには、そう思うようになっていた。友だちがカレシとデートだ旅行だ、はしゃいでいるよこで、わたしはもくもくと本の頁を繰った。本の世界に逃げ込めば、恋人がいない現実を忘れることができる。じぶんがブスであるという事実も、また。

読むだけでは飽き足らず、そのうち創作にも手を染め始めた。モノを書くのは、楽しかった。読むだけの立場より、ずっとずっと自由に自在に、世界を組み換えることができる。

演劇に出会ったのは、大学に入ってすぐのことだ。

もともと演劇に興味は持っていたけれど、「じぶんが舞台に立つなんて」と想像するだけで冷や汗が出る。だから演劇サークルの勧誘を受けたときも、「無理です」即座に断った。

「まあ観に来るだけ来てよ」、チケットを渡され、学内に張られたテント公演に、おそるおそる行ってみた。

終演後、テントを出るときには、すでにサークルの入部届を出していた。

その芝居を観て、わたしは初めて知ったのだ。ライトを浴びて舞台に立つ役者だけでは、演劇は成り立たないのだ、と。役者を動かし、観客に熱を伝える、そのおおもとには「戯曲」があるのだ、と。

こうしてわたしは芝居の魅力、いや、魔力に取り憑かれていった。

舞台は、いよいよ最後のシーンを迎えようとしている。

ラスト、キノさん演じる主人公が、ひとり、満天の星を見上げるシーン。スポットライトを浴びて立つキノさんは、同性のわたしから見ても神々しいくらい美しい。わたしより十歳上だから三十一のはずだけど、とてもそんなふうに見えない。同じ女なのにこうも違うものか。わたしは悲しい気持ちになる。

スポットライトがゆっくりと消えてゆく。

クロスするように頭上に張り巡らせた星球＝星を模した小さなライトが光り出す。はずだった。が。いつまで待っても星球が点かない。音楽が流れ、明かりが落ち、完全暗転となる。

「はい、お疲れさまでした」舞台監督の声に重なるように、

「春ちゃん！　星、なんで点かなかったのよー！」

若槻さんが喚きながら、客席を二段飛ばしで駆け上がってきた。その勢いのまま、客席最後列に設けられたブースに飛び込む。

「ごめーん。すぐ調べるー」

照明の春ちゃんこと春田さんが、ポニーテールに結った髪を揺らしながら、ブースから出てきた。

「頼むよホント。開演まであと二時間っきゃないんだからさ」

「わかってるわよ。だいじょうぶよ。ちょっとー脚立てるから舞台空けてー」

よこを通り過ぎようとした春田さんが、わたしに気づく。

「あ、朋ちゃん、来てたんだ。おはよー」

「おはようございます」

頭を下げるわたしに、にこ、明るく笑いかけて、春田さんは舞台に向かった。そのうしろを追いかけながら、

「本番で点かなかったら、タマ、抜くぞ」若槻さんが脅す。春田さんが、

「抜いて。点いても抜いてちょうだい」

真顔でこたえ、ダメ出しを聞くために集まり出した役者たちが、爆笑した。

春田さんはニューハーフで、つねづね「お金を貯めて一日も早く手術を受けたい」と言っている。そのわりに、若槻さんの劇団みたいな「勢いはあるけどお金はない」

現場ばっかり引き受けている。「主宰がイケメンかどうかで決めてるの」と以前話してくれたことがあるが、あながち冗談とばかりも言いきれないな、と、若槻さんを見て、思う。

「ダメ出ししまぁす！　客席に集まってくださぁい」

演出助手の松岡くんが、みなに呼びかける。作家のわたしも、一座の隅に座らせてもらう。と、真正面に座るキノさんと目が合った。キノさんは、にっ、口もとだけで笑うと、すぐにわたしから目をそらした。

「次の公演の台本を書いてほしい」

若槻さんからそう連絡があったのは、もう一年ほどまえになるだろうか。

若槻さんは、コンクールでいくつも賞を取っている「いま最も注目されている若手演出家」のひとりだ。対してわたしは大学で演劇を始めたばかりのひよっこ劇作家。まだ所属するサークルでしか、台本を書いた経験がない。だから驚いた。なんでじぶんが、と、かなりおろおろした。

「三井さん、このあいだ新人戯曲賞の最終候補に残ったでしょ。ほら、ちょっと変わった女の子が恋に落ちる、わりと短い戯曲。あの作品を読んで、なんかおれ、感動しちゃって。ピュアで一途。笑えるシーンも滑稽なやりとりもあるのに、読み終わったあと、なんだかすげえせつない。あんな恋愛の戯曲、読んだことなかった、いままで」

待ち合わせたコーヒーショップで、そう言って若槻さんはくしゃりと笑った。三十二歳と聞いていたけれど、歳(とし)よりずっと若く見えた。笑顔が眩(まぶ)しくて、とても正視できない。視線のやり場に困って、手もとの白いコーヒーカップを見つめた。そもそもわたしには、異性とふたりきりでお茶をする、などという経験がほとんどない。どういう態度を取るべきか、相手のどこらへんを見て話せばいいのか。そんな基本すら身についていない。わたしは、おどおど、カップとシュガーポットを交互に見ながら、

「でもけっきょく、賞は取れなかったです」

「あー気にすんな、そんなの。審査員が馬鹿なの。てか、ついてこれなかったの、三井さんの才能に」

軽がると言われ、跳ねるように顔を上げた。若槻さんと目が合う。あわててまたしたを向いた。若槻さんは、すっ、背すじを伸ばし、

「書いてください。お願いします。必ずいい舞台にします」

両手をテーブルにつき、深ぶかと頭を下げた。

若槻さんの、長く細い指を見ていたら、胸の芯のあたりにきゅううっ、にぶい痛みが走った。初めて経験する痛みだった。

「では―初日の成功を祝して、乾杯！」

「かんぱーい」

若槻さんの音頭で、みないっせいにグラスをぶつけ合う。わたしも、隣に座る松岡くんとグラスを、がちん、合わせた。

無事に初日が明け、みんなで居酒屋に繰り出している。わたしはふだんお酒はほとんど飲まないけれど、この舞台がはねたあとの一杯だけは、こころからおいしいと思う。

演出家であり、この劇団の主宰者でもある若槻さんは、隣の隣のテーブルで、観に来てくれた演劇関係者らしきひとびとと楽しそうに喋っている。なにを話しているんだろう。戯曲のことかな。気になってちらちら見ていると、隣の松岡くんが、

「朋子さんのホン、ほんとうにいいっすねえ。いやおれね、最初若槻さんから『今度のテーマは恋愛だ』って聞いたとき、じつは『げっ』て思ったんですよー。しかも『大人のプラトニック・ラブだ』って、なんだよそれ『マディソン郡の橋』かよ、まじ勘弁してくれみたいな」話しかけてきた。

「はあ」わたしはあいまいに頷く。松岡くんは、目の前の大皿の唐揚げにレモンを搾りながら、

「しかも演出があの男くっせえ若槻さんでしょ。正直、どんな舞台になるのか想像もつかなかったんです。でも、今日の初日観て、すげえ納得しました。いい歳こいた大

人が、ピュアで純粋な恋に苦しみ悩むからこそ、見るもののこころに迫ってくるんですね。で、その、朋子さんの女の子らしい繊細な戯曲を、あのがさつな若槻さんが演出するからこそ、舞台に厚みというか、説得力が生まれるんですね。いやほんと、いい勉強になりました。ありがとうございました」

そう言って、ぴょこん、頭を下げた。

「そんな。こちらこそありがとうございます」

わたしは両手を膝のうえに揃え、頭を下げ返す。

「やだなぁ。タメなんだから敬語なんて使わないでくださいよ」

「そういう松岡くんも敬語じゃないですか」

「そりゃだって立場が違うっしょ。朋子さんは外から来てる作家先生で、おれは劇団員。しかもいちばんの下っ端」

屈託なく笑う。飛び出た右の八重歯に、なんともいえない愛嬌があった。

そう、そうなんだよね。

戯曲について、そして演出の仕事について熱く語る松岡くんの声を聞きながら、わたしは淋しい気持ちになる。

外から来てるわたし。劇団員のみんな。他人と身内。ソトとナカ。

どんなにいいホンを書いても、せっせと稽古に顔を出しても、その壁は乗り越えられない。

上手く演技ができなくて、若槻さんに怒鳴り飛ばされる劇団員が、だからわたしはうらやましかった。あなたたちには次回がある。でも、わたしに次があるかどうかはわからない。若槻さんの期待に添えなければ、集客が伸びなければ、批評家にこきおろされたら、きっと、次回作を頼まれることは、ない。それはイコール「もう若槻さんと会うことはできない」という事実を意味する。そう考えると不安で不安で、いてもたってもいられなくなる。

「朋ちゃん、お疲れー」

春田さんが、じぶんのグラスを持ってわたしのよこにやってきた。わたしはあわてて崩していた足を戻し、

「お疲れさまでした」

春田さんが掲げたグラスにじぶんのグラスを軽くあてた。

じぶんの容姿に自信がないので異性は苦手だけど、春田さんとは話しやすい。春田さんがニューハーフのおかげだ。神さま、春田さんをニューハーフにしてくれてほんとうにありがとうございます。

「おっきなミスもなくて、ほんと、よかったわぁ」

「星球も無事、点きましたしね」

「そんなのトーゼン。ま、ちっちゃいポカはいくつかやらかしちゃったけど」

春田さんが、ちいさく舌を出してみせた。ピンク色の舌と、うっすら浮き出した無精ひげのミスマッチぐあいがなんとも不思議な眺めだ。そんじょそこらの女よりよっぽど綺麗なだけに、よけい不思議に見えるのだろう。

「え。ミス、ありました？　全然気づきませんでした」

「そりゃー誤魔化しかたが上手いからよぉ。何年この仕事やってると思うのよー」

ふん、と春田さんが胸を張る。なるほどなあ。上手く誤魔化すのも仕事のうちかぁ。わたしは素直に感心する。

「三井さん。ちょっと、いい？」

突然背後から声をかけられ、わたしは驚いて振り向いた。松岡くんの座っていたところに、いつのまにかキノさんがいた。黒い、おおさな瞳が、まばたきもせずわたしを見つめている。

「あ、は、はい。なんでしょうか」

声が上擦るのがじぶんでもわかる。じつはちょっと、わたしはキノさんが苦手だ。

舞台のうえではあんなに表情豊かなのに、ふだんのキノさんは、まったくといっていいほど気持ちを顔に出さない。無駄口も叩かない。どう接したらよいのやら、だから摑めないまま本番を迎えてしまったのだ。

キノさんは、長くてまっすぐな黒髪を左手で掻き上げながら、

「最初の長ゼリ、少し語尾を変えてもいいかな。『出会ったのは、いつだったかしらね。覚えてるのは、あの夜、わたしたちのうえに、銀の砂をまいたような星空が広がっていたことだけ。その銀の砂のなかに、ぽつんとひとつ、赤い星が輝いていましたわ』のとこ。諒介に聞いたら『朋ちゃんがいいっていうなら、おれは構わない』って」

キノさんは若槻さんのことを諒介、と呼びすてにする。

若槻さんをそう呼ぶのは、劇団内でもキノさんはじめ創立メンバーの数人だけだ。

「諒介」とキノさんが口にするたびにわたしはいつも、若槻さんが若槻さんではないような、奇妙なこころもちに、なる。

「三井さん。聞いてる?」

はっと我に返る。息がかかるほど近くにキノさんがいて、わたしはいっそうどぎまぎしてしまう。

「あ、ごめんなさい。あの、いいです、キノさんの言いやすいように変えてください」

「ありがとう。じゃ明日から変えるね」

口もとだけ綻ばせると、静かに立ち上がり、じぶんの座っていた場所へ戻っていった。

キノさんは。

初めてキノさんに会ったときからずっと抱きつづけている疑問を、わたしは今日もこころのなかで繰り返す。

キノさんは、若槻さんのことが、好きなんだろうか。

またしてもわたしはぼうっとしていたのだろう。春田さんに、

「朋ちゃん！」ぱん！　目のまえで手を打ち鳴らされ、びくんと顔を上げる。

「はいっ」

「なによぼうっとしちゃって」

「……綺麗だなあと思って。キノさん」

「そりゃまあねー。なんてったって『小劇場界に咲く黒い百合(ゆり)』だかんねー。ちなみにあたしは『照明界の赤い薔薇(ばら)』」

春田さんは、うふん、ポーズを取った。

「……スタイルもいいですよね」

「若いころはグラビア出てたらしーよ」

「え⁉」グラビア⁉

「けっこう人気、あったんだって。でも、どうしても舞台女優になりたいって、きっぱり辞めちゃったんだって。もったいないよねぇ。そのまま芸能界、入っちゃえばよかったのにね」

「はあ……」グラビア。芸能界。わたしには縁のない世界だな、永遠に。

てか、比べるなよじぶんとキノさんを。冷静なじぶんがつっ込みを入れてくる。黒百合とせんべいだぞ。月とすっぽんならまだなんというかロマンがあるが、せんべいでは救いようがない。思わずおおきなため息が漏れる。

若槻さんがなにか言い、向こうのテーブルがどっとわいた。人気者の若槻さんは、みんなからいっこうに解放される気配がない。待っていても始まらない、じぶんから動かねば。意を決して立ち上がったとき、

「小田急線のひとー、そろそろ終電ですよー!」両手をメガホンのように口にあて、松岡くんが叫んだ。

もうそんな時間？ 腕時計を見る。零時をだいぶ回っていた。帰らないと。またお母さんに怒られる。

スマホをいじっている春田さんに、

「すみません。おさきに失礼します」軽く頭を下げた。

「お疲れー。気をつけてね」春田さんがスマホをぶんぶん振る。

お手伝いのひとを中心に十名ほどが、帰り支度を始めた。若槻さんやキノさんはじめ劇団の主要メンバーは、ほとんどみんな居残り組らしく、お酒やつまみの追加注文をしている。いいなあ。わたしも残ろうかな。でもお母さん、怒るだろうなー。こな

いだ朝帰りしたときは、ドアチェーン、かかってたしなぁ。ぐずぐず迷っていると、松岡くんに、

「朋子さん、ほら急いで急いで！　町田でしょ、遠いんだから！　神奈川でしょ、町田だから！」

強引に店の外へと押し出された。

「松岡くん、町田は」

「だいじょうぶ、急行停車駅です！」

言い捨てると、ぴしゃん、扉を閉め、松岡くんは店内に戻っていった。

町田は神奈川じゃない、東京だ！

誤解された悔しさと、居残れない淋しさ、そしてなにより、若槻さんと喋れなかった悲しさと。いろんな思いをごちゃまぜに抱えたまま、わたしは深夜の街をひとり、とぼとぼと駅へ向かう。

二日目、三日目、四日目。順調に公演はつづいた。

芝居は生物（いきもの）だ。同じ舞台のはずなのに毎回違った顔を見せる。ちょっとした間合いの違いで、笑いが取れたり取れなかったり。お客さんも当然毎回違うので、その日の客席の空気によって、出来があんがい左右されたりもする。

大学の講義が終わると、わたしは毎日駆け足で劇場に直行した。客席の隅で、満席のときはロビーのモニタで、その日の出来ぐあいを見守る。公演が始まったいま、作家のわたしにできることなんてなにもない。でも、とにかく現場にいて、もしなにか不都合なことが起きたら、いつでも対処できるようにしておきたかった。

いや、じぶんでじぶんをかばってどうする。はっきり言おう。わたしが劇場に日参するのは若槻さん目当てだ。若槻さんのそばにいられるなら、公衆トイレにだって毎日、通うだろう。

そこまで足しげく通っても、なかなか若槻さんとがっつり話す機会には恵まれなかった。劇場での若槻さんは、とにかくいつも忙しそうで、客席でダメ出しをしていたかと思えばブースで春田さんと相談をし、「雑誌社のかたがお見えでーす」、ロビーで取材を受け、あ、ようやく空いた、話しかけようとしたら、「若槻さんッ！　スタッフの弁当が足りませんッ！」「なにッ⁉」、松岡くんとふたり、コンビニに走っていってしまうのだった。

局面が変わったのは、ちょうど公演折り返し日の五日目のお昼。学食でひとり、かき揚げうどんを啜（すす）っているときだった。スマホが鳴り、メールの着信を告げる。『若槻さん』と表示されていた。

『お疲れ。今日なんだけど、すこし早めに小屋に来ることはできますか？　話がしたいので』

わたしはかき揚げを急いで飲み込むと、

『できます。時間を指定してください』返事を書いた。折り返し若槻さんから返事が来て、わたしは『了解です』短い返信を打つ。

やった。若槻さんと、ようやくゆっくり話せる。わたしはうきうきしながら、七味のふたを捻(ひね)り開け、うどんに振り入れた。

でも話って、なんの話だろう。どっかシーン、差し替えたいのかな。中日過ぎても、替えることとなんてあるのだろうか。それとも。

ぎくり。わたしはおそろしいことに思い至る。

今回の芝居の評判が悪いので次回はないという、もしや引導を？　そういえば確かに昨日の客の反応は悪かった。アンケートを読む若槻さんの顔は険しかった。飲み会で、若槻さんはいちばん遠い席にいたし、いつもは陽気な松岡くんも、わたしと目を合わさないようにしてた──

「あれ、ガチで食べんのかな」

「うそ。まっ赤なんですけど」

隣のテーブルに座る女子の会話が耳に届く。ようやく我に返り、はっと手を止める。時すでに遅し。うどんには二ミリほどの厚さの七味が降り積もっていた。

不安に押しつぶされそうになりながら劇場に向かう。

悪い想像ばかりしてしまって、どんどん気持ちが落ち込んでいく。

考え出すと周りが見えなくなるのがちいさいころからの癖で、小五のときはそれで側溝にはまって左足首を捻挫したし、中二のときは駅の階段を転がり落ちて頭を三針、縫った。

今日も、赤信号のスクランブル交差点をひとり堂々と渡り出し、「そこ、危ないッ！」、交番からメガホンで怒鳴られた。無傷で劇場にたどり着けたのはあのお巡りさんのおかげだと、感謝しながらロビーのドアを開ける。ロビーに置かれたテーブルに向かい、ノートパソコンと睨めっこしていた若槻さんがわたしに気づき、「よ。お疲れ」くしゃり、いつもの笑顔を浮かべた。なにはともあれ、その笑顔にほっとする。

「お疲れさまです。あの、これ」

とちゅうで買ってきたコンビニのコーヒーを差し出す。

若槻さんは、「お。ありがとう」、カップを片手で摑むと「でさ。これが次の小屋なんだけど」モニタを、ぐるり、わたしに向けた。

「は？」

そこにはなにやら、数値のたくさん書き込まれた平面図が表示されている。

「今回と違って次はタッパあるからさー、それ生かしたホンにしてほしいんだ。朋ちゃん、いままでわりと人数の少ないホン書いてるけど、次は思いきって多幕モノで大人数の芝居を」

「ちょ、ちょっと待ってください」喋りつづける若槻さんを遮り、

「そそれって、つ、次の公演の台本も、かか書かせてもらえるってことですか？」

焦りのあまり、うまく舌が回らない。

若槻さんはきょとんとした顔で、

「え、あれ、おれ、頼んでなかったっけ？　まだちゃんと」

「あ、はい、あのまだ次回に関してはなにも」

「あーごっめーん！　おれ、すっかり話してた気になってたー」がりがり。両手で髪を掻きむしり、

「次は今年の十一月。あと半年しかないけど、よろしくお願いします」頭を下げた。

わたしはよほどヘンな顔をしていたんだと思う。若槻さんは、まじまじとわたしの顔を眺めて、

「どした？　腹でも痛いか？」心配そうな声で聞いた。

「……いいんですか」

「あ?」

「次も書いても。わたしなんかが書いちゃっていいんですかほんとうに?」

ひと息に喋った。若槻さんは、気圧されたようにすこしからだを引いて、

「もちろん。てか、おれ、次の次も、できればその次も朋ちゃんに書いてほしいんだけど」

「え」

「今回はいままでのじぶんにない、新しい世界を作り上げることができたって思ってる。それはもちろんじぶんだけのちからじゃなくて、朋ちゃんの清冽で純粋な戯曲あってこそなんだ。朋ちゃんの戯曲とおれの演出、まったく方向性の違うものどうしが、なんていうか、すごい化学反応を生み出したっていうか。きっとおれと朋ちゃんが組めば、演劇界におおきな嵐を巻き起こすことができると思う。だからぜひ、おれのパートナーになってほしい。相棒として、一緒に芝居を作ってほしいんだ、これからも」

パートナー。パートナー。パートナー⁉

「……キモいわー」

「なんか悪いものでも食べたんすかね」

「ちょっとあんた聞いてきなさいよ」

「やですよ。伝染性だったらどうするんすか」

春田さんと松岡くんがひそひそ話している声がしっかり聞こえてくるが、わたしはそんなのなにも関係なく、えへらえへら、薄笑いを浮かべつづけていた。

「朋ちゃんはおれのパートナー」

でへー。せりふを脳内で再生するたび、顔がほろほろと崩れる。わたしが本物のせんべいだったら、割れせんどころか、すでに原材料の米粉に戻っていることだろう。

そんなわたしを、春田さんと松岡くんが不安そうな目で見ている。

「なぁに暗くなってんですかー。飲みましょうよーもうどんどん飲んじゃいましょうよ、今夜は！」わたしはふたりにそう話しかけ、「すいませーん！　ナマみっつ！」、店員さんに追加の注文をした。いつも美味しい公演あとのお酒だが、今夜のお酒はいちだんと美味しい。

今公演も、残すはあと半分。そう思うと淋しいけど、でも、わたしには次がある。次の次も、そのまた次の公演も。でへへー。春田さんが、おそるおそる、

「朋ちゃん」

「なんですかぁ」

「今日、キャラ違くない？」

「そーんなことありませんよぉ」えへらえへら。春田さんが、どん、松岡くんをど突

く。ビールを飲んでいた松岡くんが、「ごぼ」思いきりむせた。春田さんは、容赦なく松岡くんをど突きつづける。松岡くんは、恨めしそうに春田さんを見、それから、

「……朋子さん」

「なーにー」

「なんか道で拾って食べたりとかしませんでした?」

「やだもー食べるわけないじゃん。子どもじゃないんだからさー」

「はあ……」春田さんと松岡くんは、うっそり顔を見合わせた。

今夜は最後まで残ろう。

わたしはこころに決める。

ドアにチェーンがかかっていたら、はずれるまで待てばいいだけの話だ。

気づくと、若槻さん、わたし、春田さん、松岡くん、そしてキノさんの五人だけになっていた。

テーブルには飲み、食べ散らかしたあと。

店員さんが、「すみません。そろそろ店じまいなんで」、伝票を差し出した。キノさんが、みんなからあずかったお金を出して数え始める。

「いま何時?」春田さんが聞く。

「一時すね」スマホを見て松岡くんがこたえる。

「やだー。帰って寝ないとー。お肌にわるーい」春田さんが大あくびをした。そのよこで松岡くんが、

「朋子さん、電車ないすよ。どうすんですか」

「どうしよう。ネカフェでも行こうかな。松岡くんは？」

「おれは金ないんでマックで」屈託なく笑った。

「ひとり四で」

キノさんが指を四本、立てた。四千円ということだ。さいふを探してバッグをごそごそやっていると、

「じゃおれんち来る？」煙草に火を点けながら若槻さんが言った。さいふを取り落としそうになる。

「いーんすか」

「いいよべつに。キノも来る？」キノさんが無言で頷いた。

「春ちゃんは？」

「帰る。チャリだし、明日朝から現場だし」

「パクられたらタマ、抜くぞ」

「抜いて。パクられなくても抜いてちょうだい」

ふたりのやりとりを聞いていたキノさんが、「馬鹿だね」ぼそり、言い捨てた。

若槻さんの部屋は、居酒屋からタクシーで二十分ほど走ったところに建つ、古ぼけたワンルームマンションだった。

「散らかってるけど、ま、てきとーに片付けて座ってくれや」

「お邪魔しまーす」

松岡くんを先頭に、ぞろぞろ上がり込んだ。わたしは好奇心まるだしで若槻さんの部屋を見回す。独身男性がひとりで暮らす部屋に入るのは、じつは生まれて初めてだ。八畳ほどの洋室。玩具(おもちゃ)みたいにちっちゃなキッチンのコンロは、ガスではなく電熱線だった。ワンルームにしては珍しく、ユニットバスではなく、トイレとお風呂が別々に設(しつら)えてある。

シングルベッドに、ローテーブル、テレビに、あと服が詰め込まれたカラーボックスがいくつか。大量のCDとDVD、そして本。本の山だった。壁にはすき間なくびっちりと本棚が置かれ、戯曲に限らず、小説やエッセイ、ノンフィクションなど、ありとあらゆるジャンルの本が並んでいた。

圧倒された思いで背表紙を眺めていると、「あんま見ないでよ」うしろから声をかけられた。

「なんかじぶんの本棚見られるのって、すげえ恥ずかしい。ハダカ見られんのより恥ずかしいかも」

「すごい量ですねー」

「なんでも読むからさ、おれ。気の向くまま買ってたら、いつのまにかこんなことに」

若槻さんが照れたように笑った。

「ささ。飲みましょう、飲み直しましょう！」

コンビニの袋をがさがさいわせながら、松岡くんが白ワインの瓶とおつまみをテーブルに並べる。キノさんがキッチンから、コップとお皿を出してきた。あわててわたしも酒席の準備を手伝う。

「飲み直しましょう！」、勢いよく言ったわりに、松岡くんが轟沈するのは早かった。最初のワインをひとくちふたくち飲んだあたりで、がくりかくり、松岡くんは舟を漕ぎ始めた。

「寝るか、松岡」するめをかじりながら、若槻さんが聞く。

「ふぁい」半眼、しかもほぼ白目の松岡くんが頷く。

「ほれ」若槻さんは、まるめて置いてあったタオルケットを松岡くんに放り投げると、

「これ持っていつもの場所、行けや」無造作に言った。

松岡くんはこくんと頷くと、タオルケットを抱きしめ、よろよろと浴室のドアに消えた。

「松岡くん、そこ、お風呂」止めようとしたわたしを、

「いいの、あそこが松ちゃんの寝室だから」

ワインをくっと飲み干して、キノさんが言う。

「え。お風呂が？」

「心配なら見てみなよ」

わたしはそうっと浴室のドアを開けた。狭いバスタブのなか、タオルケットをぐるぐるからだに巻きつけた松岡くんが、「ふごー」すこやかな寝息を立てていた。

「どうだった」

「寝てました」

「やっぱりね」キノさんが、おかしそうに片眉を上げた。するめにマヨネーズを絡めながら、若槻さんが、

「どこでも眠れるんだよ、あいつ。まえに稽古中、急にすがたが見えなくなったことがあってさ。心配してみんなで探したら、トイレで座ったまま寝てたことがあるよ」

くしゃりと笑った。

「あたしたちももう寝ない？　明日もあるんだし」キノさんが、うーん、おおきく伸

びをしてみせた。

「だな。えーと、朋ちゃん、ベッドはキノに譲ってやってもいい？」

「あ、はい、もちろんです」

キノさんは明日も二時間、舞台を務めなくてはならない。いっぽうのわたしはといえば、本番中、なにもすることがない。

「ちょっと顔だけ洗ってくるね」

ポーチを手に、キノさんが浴室に向かう。若槻さんはテーブルをどかし、隅に片寄せてあったうすべったい布団を敷いた。

「悪いけど、朋ちゃんはここで」

「若槻さんは？」

「おれは寝袋があるから、どっかテキトーに」

本棚のうえの緑色の寝袋を下ろし、ぱっと広げてみせた。

洗顔から戻ってきたキノさんが、「電気消すよ。いい？」と聞く。

わたしは敷布団と毛布のあいだに入って、「はい。おやすみなさい」とこたえた。

「おやすみー」若槻さんが寝袋に潜り込む。

玄関に近いほうから、若槻さん、わたし、そしてキノさんという並び。気を遣ってくれたのだろう、若槻さんはわたしの布団を、なるたけキノさんのベッド寄りに敷いてくれていた。それでも狭いこの部屋では、五十センチと離れていない場所に、若槻さんの寝袋があった。その事実に、鼓動が速まる。

キノさんが明かりを落とした。豆球も消えたけれど、外の明かりが薄いカーテン越しに届くので、部屋はぼうっと明るい。

わたしは勇気を振りしぼり、思いきって若槻さんのほうへ顔を傾けた。

閉じた目を縁どるまつげが長い。すこしだけ開いた口もとが、なんだかあどけない。

規則正しく上下する胸に寄り添い、若槻さんの体温を感じてみたいと、こころの底から思った。

胸は無理でも、手を握るくらいなら。せめて腕に頬っぺたをくっつけるくらい。パートナーなんだし。そうだよ、パートナーなんだし。

わたしは、音を立てないように、じりじり、若槻さんににじり寄る。

「べくしっ」

浴室から松岡くんの盛大なくしゃみが響いてきて、ぅおぅ、わたしは思わず声をあげそうになる。

「ぅうぅが、うがが、ぅう」

なにごとか唸(うな)りながら、若槻さんが、ころころ、寝袋ごと転がっていってしまった。

わたしは苦笑いをして、目を閉じる。おやすみなさい、若槻さん。また明日。

目を覚ましたのは、なんでだったのだろう。おおきな音が聞こえたわけでも、振動を感じたわけでもなかった気がする。あえていうなら気配、空気を乱すかすかな気配を感じて、わたしはふっと目を覚ました。

ここはどこだっけ。

じぶんの部屋ではないことはすぐにわかったけれども、じゃあいったいここは、そこまで考えて、ああそうだ、若槻さんちに泊まってるんだっけと思い出す。そのとき、

「……はぁッ……」

重たげな息のかたまりが、わたしのうえに、ほとり、落ちてきた。

つづけて二度、三度。

わたしは声の落ちてきたほうを見る。

ベッドのうえ、窓から差し込んだ街の明かりをほのかに浴びて、キノさんの白い裸身が屹立していた。

腰を落とし、なにかにまたがるようなかたちで、キノさんは上下に揺れている。長い黒髪が豊かな乳房に流れるように落ちかかる。そのまま激しく揉みしだく。キノさんはその髪ごとキノさんの乳房を乱暴に摑んだ。――から伸びてきたおおきな手が、きつく目を閉じたまま首を反らせた。眉間に深い皺が刻まれる。紅いくちびるがかすかす

かに開き、「……くぅ……」、押し殺したちいさな声が、漏れた。

わたしは布団によこたわったまま、視線をキノさんの顔から、乳房を摑むおおきな手へと戻した。おおきな手。そして、細く長く伸びる、指。

「んんッ」

悲鳴にも似た甲高い声に、わたしは思わず首を浮かせ、キノさんを見る。

キノさんの、濡れたまっ黒な瞳が、ひたり、わたしの目を捉えた。瞬きもせず、わたしもキノさんの瞳を見返す。

ふっ。キノさんが、ちいさく、笑んだ。

長い指は円を描くように乳房をひと撫でし、そのままからだの線をなぞるように腰へと降りてゆく。

さらに深く、さらに高く。

昇りつめてゆくふたりから、わたしは目を離せないでいる。

朝、まだ暗いうち、みなが寝静まっているあいだに、わたしはそっと若槻さんの部屋を出た。

ここがどこかもわからないまままただひたすら歩き、行きあたった地下鉄になにも考えず乗り込んだ。そのまま乗りつづけ、とちゅう、どっとひとが降りて初めてはっと我に返り、駅名を見る。そこは、日本でいちばん有名なテーマパークのある町で、それでようやくじぶんが乗ったのは東西線だと知った。

町田の自宅に着いたのは十時近く。お父さんもお母さんもとっくに仕事に出かけており、高校生の妹も登校したあとだった。

わたしはじぶんの部屋に入ると、そのままベッドに突っ伏した。脳裏に渦巻くのは、ひたすらひたすらひたすら同じ、あの光景、あの声、そして、あの、気配。怒りと悔しさに、わたしは泣いた。ひどい辱めを受けた気が、した。

思い出したくない。振り払ってしまいたい。胎児のようにからだを丸め、わたしは喘ぐ。

だが思えば思うほど記憶は鮮明になり、実体を持ち始め、わたしに刻み込まれてゆく。記憶は、まるでじぶんの影。どんなに走っても逃れることが、できない。

食べられない、眠れないまま、翌日、翌々日と部屋に閉じこもって過ごした。

無断で朝帰りしたことに、お母さんは最初ものすごく怒っていたけれど、むっつり黙り込むわたしを見て、どうやら怒りが心配に変わったらしい。

「肉を食え。元気出るから」「風呂入れ。すっきりするから」「医者へ行け。ついてってやるから」わあわあ言い始めた。わたしはそのすべてを「いい」のひと言で退ける。

お母さんの怒りが時間を経て心配に変わったように、わたしの気持ちもまた、日が経（た）つにつれ、すこしずつ変化し始めていた。

けれども、変化してゆく肝心のその気持ちをどう喩（たと）えたらいいのか、それがわたしにはわからない。

怒りや苦しみとは違う場所から、こころをおおきく揺さぶるもの。からだの奥のほうでなにかがじくじく蠢（うごめ）く感じ。

わたしは、初めて経験するこの得体のしれない感情の正体を捉えようと、暗闇のなか、じぶんのこころとからだに集中する。きりきり。弓を引き絞るように、感覚を研ぎ澄ましていく。

その夜、淫夢というものを、初めて見た。

ドアを開けてくれた若槻さんは、まだ半分以上、眠っているようだった。下りようとするまぶたを、意志の力で必死で持ち上げているのが、はためにもよくわかる。

「朋ちゃん。どーしたの、こんな朝早く」語尾はあくびで消えた。

早朝七時。この時間ならさすがの若槻さんも部屋にいるだろう。その読みはみごと当たった。部屋の住所は松岡くんから聞いた。

「すみません。上がってもいいですか」伏し目がちに、聞く。

若槻さんが「ふあ？」、聞き返してきたが、無視して上がり込んだ。

事情のまだ飲み込めていないらしい若槻さんが、よろよろした足取りでわたしのあとにつづく。寝乱れたベッドのまえで足を止め、わたしは振り返った。

「抱いてください」

「あい？」

「わたしを抱いてください」

言うやいなや、わたしは薄手のコートを脱ぎ捨てた。コートのしたはピンクのブラとお揃いのパンティだけ。どちらも巨大なリボンがついている。昨日、渋谷のピーチ・ジョンで買った。町田店もあったけど、セクシーさでは渋谷にとうてい敵わない気がして、わざわざ出かけて買ってきた。

若槻さんは部屋のまんなかで、ぽかんと口を開け、突っ立っている。やがて、

「……そんなに飲んだっけ、おれ」

つぶやくと、両手でごしごし顔をこすり出した。わたしは、そんな若槻さんに無我夢中で飛びかかり、その勢いのまま床に押し倒した。

「ひぉ」若槻さんが喉の奥で、不可思議な音を立てる。

「抱いてくださいッ！」

わたしは叫び、逃がすものかと渾身のちからでむしゃぶりついた。若槻さんの顔を

見下ろす。怯（おび）えた小鹿のような目を、していた。

「で、それって夢？　それとも現実？」

真剣な面持ちで、春田さんがわたしに問いかける。

「現実ですよ！　十数時間まえに起きた、できたてほやほやの現実ですよ！」

「だとしたら、それセクハラ。てか痴女だよ、ただの」

春田さんが、ぼそり、つぶやいた。

「むかし、観たんです。古いアメリカ映画で」

わたしは、くちびるを噛（か）みながら訴える。

「アメリカ映画？」

「女の子が、大好きな男の子の誕生日に、じぶんにリボン巻いて部屋に訪ねていくんです。男の子は、びっくりするんだけど『ワオ！』とかなんとか言って、女の子にキスをして、抱きしめて……」

「で。諒ちゃんはキスしてくれた？　抱きしめてくれた？」

わたしはちからなく首を振る。

「……逃げられました」

「逃げられたぁ？」春田さんの語尾がはね上がる。

「正確に言うと、逃げられたっていうか、言い逃げられたっていうか」

ずずっ。わたしは鼻を啜り上げた。涙のつぶが、あとからあとからわいて出る。すかさず春田さんがポケットティッシュを渡してくれた。

「ありがとうございます」礼を言って受け取る。ティッシュの袋では、「金利ゼロだから金借りろ」、だいたいそのような意味の看板を手に持った水着の女の子がにっこり笑っていた。

若槻さんの部屋を訪ねた同じ日の夜。芝居がはねたあと、わたしはこっそり、劇場に行った。昼間のうちにLINEで打ち合わせた通り、誰もいない客席でひとり、春田さんが待っていてくれた。持って行き場を失った気持ちを、わたしはいま、春田さんにぶちまけている。

わたしが鼻をかみ終わるのを待って、春田さんが質問を再開する。

「言い逃げって、なんて言ったわけ？ 諒ちゃんは」

「……『朋ちゃんとはもっと高い次元の付き合いがしたいんだ』って」

「高い次元、ねぇ……」腕を組み、春田さんが考え込む。

「なんですか高い次元て。恋愛に高い低いがあるんですかッ⁉ 天は人の上に人を造らなかったんじゃないんですかッ⁉」

わたしは声を荒らげる。暗幕が、かすかに揺れた。

「ま、ま、落ち着いておちついて。んで、そのあとは？」

「……タクシー……タクシー呼ばれて」

「タクシー？」怪訝そうな春田さんに、わたしは頷いてみせる。

「そんなかっこじゃ危ないからって、電車は。で、一万円札渡されて『これで町田に帰りなさい』って……」

「万札持ってたんだ……あの諒ちゃんが……」

感に堪えない、といった様子で春田さんが両手を握りしめた。わたしは、足もとに転がる照明機材を見ながらつぶやく。

「やっぱり、わたしがブスだから、でしょうか。キノさんとはできても、わたしとはできないっていうのは、やっぱりわたしがブスで貧乳でせんべいだから、なんですかね……」

「せんべい？」

「いえ。なんでもないです」ちからなく首を振る。と、

「それは違うよ」上手の暗幕が割れ、キノさんが、するり、袖からすがたをあらわした。驚きのあまり、わたしは息を呑む。そんなわたしに構わずキノさんは、

「諒介が三井さんとしなかったのは、ほんとうにあなたを大切に思ってるから。失いたくないと願っているからなんだよ」淡々とつづけた。

「キノさん、なんで」言いかけ、気づく。「はーるーたーさんー……」

恨めしげなわたしに向かって、春田さんはぺろんと舌を出し、

「だってぇ気になるじゃん。朋ちゃん来なくなったの、お泊まりのあとからだしぃ。としたら絶対、キノちゃん関係あるだろうしぃ」

「可愛い子ぶってもだめです！」

「てか、見たいじゃん、やっぱ修羅場。他人のど修羅場ほど楽しいものはないっていうかさー」ぬけぬけと言い放った。

相談する相手を間違えた。がっくりうなだれるわたしにキノさんは、

「知ってた？　三井さん。諒介が寝てるのは、あたしだけじゃないんだよ。あっちの劇場こっちの現場、目についた子と、それはもう手あたり次第」

耳を疑った。キノさんは舞台を下り、わたしたちの座る客席へと近づいてくる。

「それってつまりさ、どうでもいいと思ってるわけ、寝ちゃった子のことは。二度と会わなくてもいい、役者で使えなくなっても構わない。取り換えのきくパーツみたいなもんよ」

「そんなふうには」

「見えない？　まあ、女子のほうからすり寄ってくることも多いし。もてるからねぇ、諒介は」

キノさんのあまりにも冷静な物言いに、わたしは、かっ、頭に血が上る。

「そこまでわかってて、なんであんなことできるんですかキノさんは⁉」

「好きだから」あっさりこたえた。まるで口笛を吹くみたいに、軽く、ごく自然に。

「悔しくないんですか⁉」

「悔しいよ」

「なんで怒らないの⁉」

「嫌われたくないから」

「いいの⁉　それでほんとにいいの、キノさんは⁉」詰め寄るわたしに、キノさんは、

「よくはないけど。仕方ないじゃない。好きなんだから」

ふっ、淋しそうに笑った。初めて見るキノさんの、素の笑顔だった。

わたしはなにも言えず、ただ黙り込む。そんなわたしの目をまっすぐに見ながら、

「愛されてるんだよ、三井さんは。諒介に、猛烈に。なんでそれがわかんないかなぁ」

キノさんが首を傾げる。

「愛されてなんかいません！　どこの世界に好きな女の子を拒否る男がいますか！」

わたしは涙声で叫んだ。

　キノさんは、ほう、おおきなため息をつく。ややあってから、

「……覚えてる？　初日打ち上げであたしが『長ゼリの語尾を変えてもいいか』って訊ねたの」静かに、問いかけてきた。

「もちろん」

「『出会ったのは、いつだったかしらね。覚えてるのは、あの夜、わたしたちのうえに、銀の砂をまいたような星空が広がっていたことだけ。その銀の砂のなかに、ぽつんとひとつ、赤い星が輝いていましたわ』」

　歌うようにせりふを口にすると、キノさんは、わたしに向き直った。

「このせりふの、どこが気になったかわかる？」

「……語呂が悪くて、言いづらかった、とか」

　必死に考えて、こたえる。キノさんは肩を竦めると、

「だからだめなんだよ、頭でばっか考えるひとは」

「はあッ⁉」

「いまの三十の女子がさ『なになにかしらね』って言う？『これこれでしたわ』なんて使わないでしょ、ふつうは」

「あら。あたしは使うわよ」春田さんが抗議の声をあげたが、キノさんは完璧無視した。

「小説ならまだしも戯曲で使うって、それ、ナマの人間知らなすぎ。三井さんがいか

に頭でしかものごと考えてないか、それひとつ取ってもよぉくわかるよ」

悔しくてくやしくて目のまえがまっ白になる。女としてよりも、作家としてプライドを傷つけられるのが、わたしにはなによりこたえた。

「……なにが言いたいんですか」

キノさんを睨みながらわたしは語気を強める。キノさんは、視線をぼんやり舞台にそそぎながら、

「……愛しかたは、ひとつじゃない。ひとの気持ちは、まっすぐな一本道とは限らない」とつぶやいた。

「愛しかたは、ひとつじゃない。ひとの気持ちは、まっすぐな一本道とは限らない……」鸚鵡のように、わたしは繰り返す。

「でも、だからこそニンゲンって面白いって思うけど、あたしは。その面白いニンゲンを遊べるのが、芝居の醍醐味だと思うけど、あたしは」

わたしは黙って足もとに視線を落とした。面白い。それはわかる。でもしんどい。

現実は、やっぱり、しんどい。そもそもそんな現実から逃れようとして、わたしは創作の道に入ったのではないか？

でも、それでほんとうにいいのだろうか。わたしも知らなかったわたしが、いま初めて、ちいさな声をあげていた。

虚構の世界だけで生きる、それはほんとうに「生きている」ことになるのだろうか？

　黙り込むわたしをじっと見つめながら、キノさんが、

「……悩むだけ悩めばいい。つらいことも嫌なことも、経験しないよりしたほうがまし。そう思うようにしてる、あたしは」

「芸の肥やしですか」

「開き直りともいう」

　ふふっ。声を出さずに、笑った。

　わたしはそっと、そのよこ顔を盗み見る。

　やっぱり淋しげで切なげで、でもなんだかすこし、すっきりしているように、見えた。

　突然、劇場の明かりが消えた。急な暗闇に、「ひぇ」「なに」キノさんとふたり、同時に悲鳴をあげる。

　ややあって、天井に張り巡らされた星球が、ゆっくりと灯り始めた。

　いつのまにかブースに入っていた春田さんが、「星に願いを」を口ずさみながら客席に戻ってくる。そのまま、ごろり、寝転んだ。キノさんも「どっこいしょ」、美人女優らしからぬせりふを吐いて、あおむけによこたわった。わたしもふたりに倣う。

　天井を見上げたキノさんがつぶやく。

「……星、きれい」

「……きれいですよ」

「客席で見たことないからなぁ」

「あ。そっか。そうですよね」わたしは両手を頭のしたで組んだ。

星は光りつづける。暗い劇場で、星球のちいさな明かりだけがくっきりと鮮やかだ。

春田さんが、ふっと歌い止み、

「……ねぇあんたたち」

「なんですか」

「諒ちゃんのことはあきらめなさい」おごそかに告げる。

「いやよ」

「やです」

「でもどうせ振られるのよ。あたしが女になったあかつきには」自信に満ちあふれた声だった。

首を持ち上げ、春田さんを見る。わずかな星明かりのしたでも、切れ長の瞳、ぷっくりふくらんだくちびる、春田さんの美しさは、損なわれることはない。というより、いつも以上に綺麗に見えた。

キノさんが、静かに、けれども決然とわたしに声をかけた。

「……三井さん」

「……はい」

「がんばろう」

「はい」

「諒介をオカマに取られる事態だけはなんとしても防ごう」

「はい」

わたしとキノさんは、目を見交わし、固くかたく頷き合う。

春田さんがふたたびメロディを口ずさみ始めた。

明日は、ちゃんと公演を観よう。そう、じぶんに言い聞かせる。

たとえ若槻さんに避けられても、目も合わせてもらえなくても、ちゃんと劇場に来て、じぶんの仕事を最後まで見届けよう。それが、いまわたしがやらなくちゃいけないことだ。たぶん、きっと。

星空を見上げる。

まがいもののはずなのに、星が、ちかっ、瞬いた気が、した。

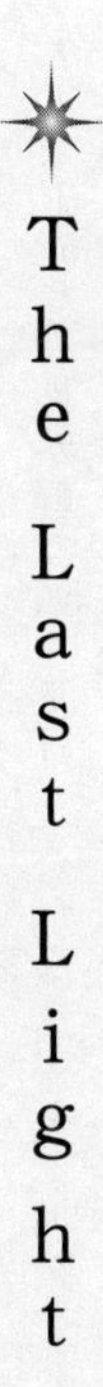
The Last Light

小泉武雄は張りきっていた。同時にはげしく緊張もしていた。

いま、武雄のまえには白いテーブルクロスをかけられた長机があり、にこやかに微笑む若い女性がひとり、座っている。長机のうえには「ご参加者受付」と書かれた銀色のプレート。それ以外はいっさい、この会の趣旨を説明するものは置かれていない。武雄のまえに並んでいた六十代前半とおぼしき男性が、受付を済ませ、会場へとつづくドアを開け、なかに消えていった。

とうとう俺の番だ。武雄はこころを落ち着かせるため、おおきく深呼吸をした。

「お待たせいたしました」女性が軽く頭を下げ、「参加申込書と参加費をお預かりいたします」と告げる。

武雄は鞄から申込書を出し、参加費七千円ナリを支払った。これが高いのか安いのか、こういった会に初めて参加する武雄には見当もつかない。

「恐れ入ります。身分証明書はお持ちでしょうか」

武雄は鷹揚に頷くと、黒革の、かつては定期入れだったケースから運転免許証を抜き出し、女性のまえに置いた。女性は、申込書と免許証をたんねんに見比べ、齟齬がないか確認している。

うむ。こうやって身元確認をおこない、不審者が闖入しないようにチェックしているのだな。なかなかしっかりした組織ではないか。武雄はこころのなかで、「承認」のスタンプを押す。

「ありがとうございました。それでは会場にお入りください。会場内にはプロフィールカードが用意してございます。『出会いの会』開始までに、カードへのご記入をお願いいたします」

武雄は、「ん」、短くこたえると、グレーのドアを開け、会場内へと足を踏み入れた。とたんに驚く。

武雄が想像していた「会場」は、「出会いの会」らしく華やかなものだったのだが、じっさいのそこは、どこかの会社の会議室そのもので、薄いピンクのカーペットのうえに、無機質な白いテーブルを三台繋げたものが二列並んでいるだけの、殺風景な部屋だった。テーブルのうえには各席ごとに紙一枚とボールペン。これが先ほど受付嬢の言っていた「プロフィールカード」なるものだろう。

武雄はすばやく部屋のなかを観察した。ほぼ半数の席がすでに埋まっている。どの席も、男と女が向かい合うように座っていた。

「どうぞ、こちらにお座りください」

スタッフカードを首から下げた女性が、武雄を手招きする。言われるがまま武雄は端の席に座った。参加者全員が、見ないふりをしつつもしっかり武雄を観察しているのがわかる。そりゃそうだろう。なにせ俺は未来の結婚相手、もしくは現在のライバルなのだからな。

武雄の案内された席のまえには、すでに女性が座っており、熱心にカードを埋めている。武雄が座ると、軽く会釈した。武雄も同じように返す。

五十代後半だろうか。いやいや女の年齢はわからんぞ。化粧でいくらでも誤魔化せるからな。六十代前半、いやひょっとしたら俺と同い年くらいかもしれん。

憶測を重ねながら、武雄もカードに記入していく。氏名、年齢、趣味や特技といったありふれた質問から、「最終学歴」や「在職していた会社名」、「退職時の役職名」といった、武雄には嬉しすぎる欄まである。武雄は鼻息荒く、それらを埋めていく。

書き上がったカードは、じぶんでも惚れぼれするほどのできばえだった。

「最終学歴　慶應義塾大学経済学部」「在職していた会社名　角紅株式会社」「退職時の役職名　経営企画部部長」。ちなみに退職金は五千万。「退職金の額」も書く欄があればよかったのに。武雄は残念な気持ちで思う。帰宅したらさっそくメールを送って、次回から追加するように指導してやろう。

余裕のできた武雄は、右隣に座る男をちらりと見た。猫背でなで肩、貧相なからだつき。ついでに男のカードを盗み見る。聞いたこともない大学と会社の名が記されてあった。ふ。俺の敵ではないな。武雄は優越感にひたる。

武雄の視線に気づいたのか、男が顔を上げた。ひとのよさそうな笑顔を浮かべ、

「飯尾と申します。よろしくお願いします」頭を下げる。

「ああ。よろしく」口さきだけで返事した。

「お待たせいたしました。それでは『出会いの会』を始めさせていただきます。私、本日の司会をつとめさせていただきます佐々木と申します。どうぞよろしくお願いいたします」

スーツすがたの中年男が、そう言って深々とお辞儀をした。まばらな拍手。司会者はべつだん気にするふうもなく、滑らかに喋りをつづける。

「それではまず、この会のシステムをご説明します。男性参加者のかたにはご自身のプロフィールカードをお持ちになり、十分ごとに順次、隣の席へ移動していただきます。女性のかたは移動する必要はございません」

武雄は思わずのけぞる。俺は回る寿司か。

「短い時間でより多くのかたと知り合っていただくためのシステムですので、どうぞご了承ください。一巡しましたら、こちらから『もっと会話したいカード』を二枚、お配りしますので、気になるおかたのお名前をお書きになり、ご提出ください。私どもが、そのカードをお相手様にお届けいたします。その後、場所を地下のレストランに移しまして二次会となります。二次会の参加はご自由でございます。美味しいお料

理とお酒で、こころゆくまでご歓談くださいませ」

なるほど。確かに効率的かもしれん。

効率のよさを人生のモットーとする武雄は、司会者のこの説明で、すこし納得する。効率のためなら回転寿司化、已むなし。

「ではさっそく始めたいと思います。用意はよろしいでしょうか」

武雄は身の内に、久方ぶりに熱い闘志がわいてくるのを感じる。現役時代毎日味わっていた、懐かしい感覚だ。

負けまいぞ。勝つのは俺だ。俺がこの会の勝者になるのだ。

「はい、スタート！」

ぴっ。ホイッスルが鳴った。武雄は闘志を漲らせ、目のまえに座る「五十代に見えるけど同い年かも女性」にカードを突き出した。

「初めまして。あたくし……」

話し始めた女性を遮り、

「小泉武雄、六十八歳。妻に先立たれてはや二年。恥ずかしながらこの歳で嫁を探すべく、当会に参りました」まくし立てる。

「はあ」

武雄の剣幕に圧倒されたのか、女性はやや上半身をテーブルから離した。

「大学を出てから四十年間、角紅に勤め、部長職をもって定年退職しました。このときの部は経営企画部といいまして、総勢百五十人からなる部下をまとめておりました。商社ですから海外経験も豊富でして。駐在した国はアメリカ、フランスをはじめ先進国ばかり八ヵ国に上ります。これはかの角紅のなかにありましてもかなり特別な待遇でありまして」

女性はまばたきもせずに、武雄の話を聞いている。丸顔で、一重の目がちと野暮ったいが、ちいさめの口もとや色の白さなど、武雄の好みといえなくもない。歳も武雄より若そうだ。これはどうやら一発目から当たりだぞ。武雄は、ほくほくする。同時に、さらに弁舌に磨きをかけねば、己を叱咤(しった)する。

「角紅時代は外交官、時には各国大使などとも渡り合いました。一日に動かす金が数千万、という時代もありましたね。日本に戻ってからは、また全然違った部署に配属されたわけですが、この経営企画というのは、商社にとってはまさに頭脳ともいうべき機関であり、営業とは別格の」

女性は、武雄のカードに目を落とし、あいまいに頷いている。どうやら俺の経歴にことばを失ったようだ。そりゃあそうだろう。熟年女の再婚相手として、俺以上のスペックの男なぞ、いるはずがないのだからな。

武雄のテンションがどんどん上がる。気分が高揚すればするほどことばが溢(あふ)れ、身振り手振りもついてくる。武雄は喋りつづける。いかにじぶんが優秀で有能な商社マンだったのかを、とことん喋りつづける。

妻の和子が倒れたのは、夕飯の最中、茶を淹れ替えに台所に立ったときだった。直前まで、いつもと同じようにふたり、ダイニングテーブルに座ってテレビを見ながら箸を動かしていた。湯のみの割れるがちゃんという音で武雄が振り向いたときには、もう和子は床に崩れ落ちており、意識もない状態だった。

茫然自失の武雄だけを取り残し、通夜も葬儀も粛々と進む。長男の晋一と次男の健二が表を取りしきり、近所への挨拶や食事の手配などは大阪に嫁いだ長女・加奈子がすべてやってくれた。

三人の子どもたちは、母親の急死にショックを受け、加奈子などは最後、棺に取りすがって泣き崩れるほどの取り乱しようだったけれども、父親である武雄に対してはどこかよそよそしく、一定の距離を置いて接しているようだった。

それも仕方がないことだ。

初七日のあと、目を合わさないように今後の段取りを説明する晋一のことばに頷きながら、武雄は思う。

海外勤務のほとんどを単身赴任で過ごした武雄は、子育てになにひとつ関わっていない。晋一の受験失敗も健二の三年にわたる不登校も、そして加奈子の「できちゃった婚」ですら、すべて和子がひとりで事にあたり、乗りきってきた。子育てを任せきりにしてきたことについて（武雄の記憶によれば）和子が不平不満を漏らしたことはない。だからこそ、そのぶん武雄もしゃにむに働いて、人並み以上の生活費を毎月振り込みつづけたのだ。

定年直前、ようやく自宅に落ち着いたときには、すでに子どもたちはみな家を出て独立しており、５ＬＤＫ・築三十年の家に残るのは、もともと少ない口数がさらに減った妻と、巨大白黒猫の小梅（こうめ）だけであった。

だがその妻も、もういない。武雄の話し相手は、いまや小梅だけになってしまった。

「お待たせいたしました。それではこれより『もっと会話したいカード』をお手もとにお届けいたします」

司会者のことばに、会場内にさっと緊張が立ち込める。

「回転寿司お見合い」が一巡したあと、男性にはピンクの、女性にはブルーのカードが二枚、配られた。

武雄がカードに記したのは、いちばん最初に会話したあの丸顔の女性と、もうひとり、細おもてで可愛らしい顔立ちの典型的な日本美人、石脇衿子・六十一歳である。お見合い中、衿子のまえに座るや、武雄はその清楚な佇まいとおだやかで品のいい物腰に、どんッ、一発で射抜かれてしまった。小首を傾げつつこちらの話を親身に聞いてくれる衿子を見ながら、武雄はこころのなかで叫ぶ。衿子さん！　嗚呼衿子さん、衿子さん！　五七五。衿子さん、あなたはまるで、天使のよう。字余り。

衿子を本命に決め、押さえとして丸顔を選んだ。正直、衿子だけでもよかった。衿子もじぶんを選んだに違いないと、武雄は確信していたのである。

「小泉武雄さま」

受付にいた女性が、白い封筒を武雄のまえに置いた。すぐにでも開封したい！　けれど全員に配られるまで開けてはだめと言われており、おあずけを食らった犬の気分で、武雄はスタッフが回り終えるのを待つ。

すべての参加者のまえに封筒が置かれた。いちだん声のトーンを高くして、

「それではご開封ください！」司会者が告げる。

武雄は平静を装って封筒を手に取った。なかになにか入っているのがわかる。ぴり。端を千切った。折りたたまれた紙が一枚。紙？　あわてて引っ張り出す。「二次会のお知らせ」。タイトルのしたに、簡単な案内文と会場への行きかたが書かれてある。

こんなものはどうでもいい。カードは⁉　衿子のカードは⁉　息を吹き込み封筒を膨らませて覗き込む。ない。逆さにして振る。ない。蛍光灯に透かしてみる。ない！　なにかの間違いだ。きっとスタッフが間違えて。武雄は封筒の表を検めるが、サインペンではっきりと「小泉武雄様」とあった。じゃあ入れ忘れだ。俺に来るはずのカードが手違いで別のやつのところに。武雄は血走った眼で周囲を見回した。右隣に座る、あの冴えない男の手もとを見て、武雄は啞然とする。男の手には、ブルーのカードが五枚、握られていた。


　三杯目の焼酎を飲み干すころ、ようやく怒りがおさまってきた。

いま、武雄は会場からすこし離れた小料理屋のカウンターに、ひとり、座っている。まっすぐ家に帰る気にはとてもなれず、目についた小料理屋に飛び込んだ。どうせ明日もひまだ。明後日も、明々後日も。今夜はとことん飲んでやろうと決める。

「お代わりいかがですか」厨房に立つハチマキすがたの大将に聞かれ、

「同じのひとつ。あとはまちの刺し身と、きすの天ぷら」と注文する。

「かしこまりましたぁ」

がらら。入り口の引き戸の開く音がする。どうやら新しい客が入ったようだ。

武雄が「再婚しよう」と思い始めてから、もう一年近くになる。

和子が死に、小梅だけしかいなくなってしまった家は、淋しかったし、なにより毎日の生活が不便だった。日本では和子が、赴任さきではメイドが家事のすべてをやっていたので、武雄は米の研ぎかたから学ばねばならなかった。それでもなんとかやっては来たのだが、和子の一周忌を過ぎたあたりから、急激にいろいろなことが面倒臭くなり始めた。

淋しさを紛らわせ、面倒な家事をやってくれ、じぶんの最期を看取り、そしてそしてあわよくば性欲も満たしてくれる相手。

その相手を見つけるためには再婚するしかないと、武雄は思ったのである。

「小泉さん？　小泉武雄さんよねぇ？」

斜めうしろからふいに声をかけられ、武雄は、びくり、からだを硬くする。女の声。それも聞いたことのない女の声だ。

首だけ動かして声の主を見る。茶色に染めた髪を短く刈った、派手な化粧の女が、にこにこ笑いながら立っていた。

「……ぁはぁ」

あいまいに頷きながら武雄は高速で脳内の「知り合いリスト」を検索する。会社員

時代の知り合いか？　それとも。そんな武雄のとまどいなど意に介さず、女は、

「奇遇ねー。あ、隣、座っていい？　いいよね？　お兄さーん、ごめんねぇ、知り合いいたから、こっち移るわー」さっさと武雄の隣に陣取ってしまった。

「なに飲んでんの？　焼酎？　あたしはどーしよっかなー。やっぱ最初はビールがいいなぁ。お兄さん、ナマひとつ。あとね、海老しんじょと鶏レバーの甘辛煮、それから汲みあげ湯葉のおつくり、ちょうだい」

慣れたふうに注文していく。女のよこ顔を見ながら、

「あの。失礼ですが」おそるおそる、尋ねた。

「あらやだ、わかんない？　わかんないか。西条鈴音です。ほらさっきの会にいた」

さっきの会。ということはあの馬鹿女のなかの。武雄は眉根を寄せる。

だがしかしこんな下品なおばちゃん、いただろうか。まあ、いたかもしれない。あまりにも俺の趣味とかけ離れているがゆえに、顔すら覚えていなかったということだな。

鈴音と名乗った女のまえに、ビールのグラスが運ばれてきた。鈴音は、グラスを持ち上げると、

「じゃ振られたものどうし、かんぱーい！」

がちん。勝手に武雄の焼酎にあてた。武雄は顔が強張るのを感じる。

「……西条さん」

「鈴音でいいわよぉ」

「その物言いは、あまりにも」

「だってー事実じゃない。武雄さんも誰からもお声、かからなかったんでしょ。二次会行かなかったってことはさぁ」

鈴音のあけすけな話しぶりに、武雄は怒りを通り越して、ただただ唖然としてしまう。

「でもさ、あれじゃだめだよ、全然だめ。あんなんじゃ未来永劫、彼女なんてできないよ」

鈴音はそう言うと、残りのビールを、くっ、ひと息で飲み干した。

「お兄さーん、ビールお代わりー」

若衆が頷いて、厨房に走る。旨そうに鶏のレバーをほおばる鈴音をぐっと睨みながら、

「失礼ですが西条さん」

「だから鈴音でいいってー」

「私の、どこをどう見てそのような」

「ぜんぶよ、ぜんぶ。話の内容でしょ、話しかたでしょ、あと聞く姿勢と、洋服のセンス。加齢臭対策もしてないし。それからさぁ」指折って数え上げる鈴音を遮る。

「話⁉ 俺の話のどこが」

「だっていきなり言ったでしょ、武雄さん、『嫁探しに来た』って」

鈴音は顔色ひとつ変えずにこたえる。

「言った。言いました。それが」

「あの会に来るようなひとはさー、みんな何十年も嫁やって、でさ、ようやく解放されて自由の身になれたひとたちなの。そのひとたちに向かって『嫁』って。それ禁句だよ。タブー。みんなあれで一気に引くわけ。『あ、こいつ、じぶんを介護してくれる相手を探しに来たのか』って」

「そ、そんなつもりは」

「そいで次に話したのが『いかにじぶんが偉かったか』の自慢話でしょ？ そんな話はね、みんな聞き飽きてるの。ダンナにさんざん聞かされてきたんだから。でね、思うわけ。このひと会社を辞めたら、なーんにもなくなっちゃったんだなって。過去の栄光にすがるしかない可哀想な男だなって」

武雄は頭がまっ白になり、もはや思考停止の状態だ。可哀想？ 俺が？ 角紅の部長だったこの俺が？

レバーをたいらげた鈴音は、汲みあげ湯葉を箸でそうっと掬い、わさび醬油にひたした。

「んー。味が濃くて旨い。武雄さんもどうぞ」

武雄は無言で首を振る。

「あれ湯葉、嫌い？　めずらしいひとだねぇ。えっと、それでどこまで話したんだっけ。あ、そうそう、あたしがいちばん『だめだなあ』って思ったのはね、聞く姿勢。相手の話を」

「聞く姿勢？」

猫背にでもなっていたのか。

「聞く気、なかったでしょ、全然。じぶんの話ばかりで、ちぃとも相手の話を聞いてなかった。聞こうという気持ちすら感じなかった」

いつのまに頼んだのか、鈴音は冷酒を飲んでいる。

「女はね、話を聞いてもらいたい生きものなの。べつにさぁ、感想とか求めてるわけじゃなくて、ただひたすら、じぶんの話を聞いてほしいの。『うん、うん』て。それだけでいいの。満足しちゃうの」

ここで鈴音は、ほう、ため息をつき、

「そのてん、武雄さんの横に座ってた飯尾さん、あのひとはよかったわぁ。黙ってにこにこ、こっちの話を聞いてくれて。批判めいたこと、なーんにも言わないで。癒し系。まさに癒し系よね。でも、みーんな思うことは同じなのよねぇ。飯尾さん、一番人気だったもんね。しかも相思相愛になれたみたいでさ。二次会行くまえからすでにあつあつ。ああーいいなぁ」からだをねじりながら、いいなあ、いいなあを連発した。

飯尾。俺のよこの。武雄は必死で記憶の糸を手繰る。あいつか！　三流大学出の、名もない会社に勤めていた、あの冴えない男。愕然とする。あいつが一番人気で、しかも相思相愛⁉　それはなんというか、あまりにも人生、不公平ではないのか⁉

「武雄さん、武雄さん」

鈴音に袖を引っ張られて、武雄は我に返った。

「どうする？　飲み物、空いちゃってるけど、お代わりする？　同じもんでいい？」

鈴音が空のグラスを指して、聞く。武雄はおおきく首を振り、席を立った。

「いらん。いりません。帰る。帰ります」

「えーもう帰っちゃうの。まだまだダメ出しあるのに」

「……西条さん。俺のことよりじぶんのダメ出しをしたらどうなんだ。その的確な観察眼をもってすれば、いくらでも改善点が見つかるだろうに」

せいいっぱい皮肉を利かせたつもりだった。だが鈴音は涼しい顔で、

「そうなのよねぇ。だけどじぶんのことって意外にわかんないのよね。他人の欠点ならいくらでも見つかるのにね」

けろりんぱと言ってのけた。

付き合いきれん。武雄は鞄を摑み、大またでレジへ向かう。

「あ、待って待って。これ、これ」

追いかけてきた鈴音が、名刺を武雄に差し出した。

「あたしさ、お店、やってんの。ちっちゃいとこだけど。よかったら遊びに来てよ」

「すず音」という屋号と住所だけが書かれたシンプルな名刺だった。武雄は無言で受け取り、支払いを済ませ、店を出る。

「ありがとうございましたぁ」威勢のいい若衆に重なるように、

「またねー」能天気な鈴音の声がした。

二度と会うか。握りつぶした名刺をポケットに突っ込みながら、武雄は駅へと足早に向かった。


棚からものが落ちる、ぼた、ぼた、という音で武雄は目を覚ました。しばらく無視していたが、いっこうに止む気配はない。あきらめて武雄は、むくり、ベッドからからだを起こした。洋服だんすのうえに座る小梅と目が合う。

「止めろと言ってるだろう、その癖」

小梅を睨む。小梅は陰気な声で「うなぁ」と鳴いた。

いつのころからか、小梅は朝、武雄を起こすのに、棚のうえのものを落とすようになった。いちいち拾わなくてはならないので、面倒なことこのうえない。もっともそれが小梅の狙いなのだが。

階下に降り、キャットフードを小梅の皿にざらざらと盛る。缶詰のほうが好きなのは知っているが、後始末が面倒なので、和子が死んでからはずっとドライフードだ。

小梅がため息をついた。気がした。

「嫌なら食わんでいい」言うと、不承不承、という感じでぼりぼりかじり出した。

武雄は食パンを出し、トースターに突っ込んで適当に目盛りを合わせた。やかんを火にかけ、マグカップにインスタントコーヒーをこれまた適当に振り入れ、パンの焼けるのを待つ。

目の奥がじんじん痛い。すこしだが吐き気もある。

昨夜、あの小料理屋を出たあと、どうにも腹立ちが抑えきれなくて、最寄り駅よこにある行きつけの焼き鳥屋に寄った。二時過ぎまで飲んでいたのは覚えているが、そのあとどうやって家に帰りついたのか、定かではない。

「昨日はさんざんな一日だったんだぞ、小梅」

小梅の、まるまると太った小山のような背中に声をかける。返事はない。だが耳がこちらを向いているので、聞いてはいるのだろう。

「じつに不愉快だ。もう二度とあんなところには行かん。嫁なぞいらん。俺はひとりで生きる。お前だっているし。な、小梅」

そうだ。再婚しようなどと考えたのがそもそもの間違いだったのだ。じぶんに言い聞かせながら、小梅の背中を撫でる。小梅は嫌ぁな目で武雄を見ると、のしのし、台所から出ていった。

可愛くないやつ。もともと愛想の悪い猫だったが、歳を取ってさらに気難しくなったようだ。老害というやつだな。まったく困ったものだ。武雄はひとり、愚痴る。トーストをかじりながら、ブラインドを上げた。雲ひとつない晴天。隣の家の物干し場に、大量の洗濯物が翻っている。武雄は、洗面所で山になっている汚れ物を思い出し、憂鬱な気分になった。最後に洗濯をしたのは確か一週間ほどまえだ。さすがにそろそろ片付けてしまわねば。

気が変わらないうちにと、朝食を終えた武雄は洗面所に直行した。下着もシャツも色物も、すべて一緒くたに洗濯槽に突っ込む。洗剤を投入しようとして、しまった、切れているのを思い出す。

いらいらした気持ちで財布を引っつかみ、近所のコンビニへ向かう。

ふだんの買い物の九割は、このコンビニで済ませていた。料理をしない（できない）武雄にとって、出来合いの惣菜と、最低限の生活必需品が賄えるこのコンビニさえあれば、買い物だけはなんの不便もなかった。

ところが。

「二十日をもって当店は閉店しました」

武雄を迎えたのは、たった一行の張り紙とすでにからっぽになった無人の店内だった。なんということだ。武雄は茫然とする。確か三日まえ、歯ぶらしを買ったときはいつも通り営業していたのに。この店が閉店するということは、武雄にとって「補給部隊が撤退した」というに等しい。今夜の夕飯はどうする？　明日の朝のパンは。いやまずは洗剤だ。洗剤を手に入れなくては。武雄は必死に町内の店みせを思い出す。そうだ、確か駅まえに、なんとかドラッグという派手な看板の店があった。「ドラッグ」というからには洗剤も置いてあるだろう。武雄は駅まえへと走った。

明るくきらびやかな「オリオンドラッグ」の店内で、武雄はまたしても茫然と立ち尽くしている。

広い店内には、薬はもちろん、スナック菓子から化粧品、はてはビールまで置いてある。薬局にビール？　武雄には、もうなにがなんだかわからない。

気を取り直し、洗剤を探す。武雄が欲しいのは、四角い箱に入った粉せっけん。新聞屋が更新のたびに持ってきてくれるアレだ。洗剤、どこだ洗剤。通路から通路へ、洗剤を探して歩く。だが、どの棚も、同じようなけばけばしいパッケージのプラスチック袋が並んでいるばかりで、武雄にはなにひとつ違いがわからない。

ためしにひとつ、手に取ってみる。「しっとりつるつるボディソープ」。ボディソープ？　せっけんのことか？　こっちはなんだ。「敏感肌用ボディローション」。よくわからんが、ボディというからには洗濯とは関係ないらしい。武雄は隣の棚に移動した。こっちも袋だらけだ。いちばん手前の袋を掴む。「泡立ち最高洗顔フォーム」。洗顔⁉　洗顔専用⁉　顔などせっけんで洗えばいいではないか！　俺がちいさかったころは、頭だってせっけんで洗っていたのだぞ！　鼻息荒く、武雄はもとの場所に突っ込み、大またで通路を歩いていく。

シャンプーの波にもまれ、コンディショナーの嵐に立ち向かい、食器用洗剤、トイレ用洗剤、そして風呂場用洗剤の「洗剤ジェットストリームアタック」をなんとか乗りきった武雄は、ようやっと「洗濯用洗剤」のコーナーにたどり着いた。くたくたに疲れきり、もはや粉だろうが液体だろうが、洗剤ならなんでも構わないと思っていた。ピンクのくまが笑っているイラストの描かれた袋を掴む。くまの口からは「あなたの大切なお洋服のために」というふきだし。よし、これでようやく帰れる。そのままレジに向かおうとした武雄は、だが、いちおう念のためと表示を検め、そこで今度こそ倒れそうになる。袋には「柔軟剤」と書いてあった。

武雄は、シャンパンのグラスを手に、会場の隅で様子を窺(うかが)っている。同世代の男女がほぼ同数。みな、手に手に好みの飲み物を持ち、お互いの出方を探り合っているようだ。

右手奥のほうに、数名の男女が談笑している場がある。

よし。あそこに混ざってみるか。武雄は決心し、歩き出す。

ドラッグストアから帰ってすぐ、武雄はパソコンを立ち上げ、新たなお見合いパーティを探した。

昨日の一件で懲りていたので、今度は初めから飲食つきの会を選んだ。アルコールのちからを借りれば、きっともっと上手にアピールできるに違いない。すこし迷ったすえ「ハイクラスのあなたに」というパーティを選んだ。入会費三万円、パーティ代二万円はちょっと痛かったが、鈴音のような下品なおばちゃんと、また出会ってしまう危険は避けたかったのだ。

「小泉さんじゃありません？」

緊張しながら歩いていた武雄は、いきなり呼び止められ、思わずつんのめりそうになった。声のしたほうを振り向く。そこには、なんと衿子が、石脇衿子・六十一歳が立っていた。

「いいい、石脇さん」

「嬉しい。覚えていてくださったのね」

衿子がふわりと微笑む。ほのかな香水の香りが漂った。

「いやあの、それはもちろん」

武雄の全身から汗が噴き出す。しまった。加齢臭対策を忘れた。

「よかった。またお会いできて」

衿子のまっすぐな視線が、透明な網のように武雄を捉える。武雄は身動きもできず、衿子の桜色の頬を見つめる。

「……このあいだのこと、怒ってらっしゃる？」

カクテルグラスの長い脚をゆっくり回しながら、衿子が伏し目がちに聞いた。

「いや。もう終わったことですし」

努めて平静を装いながら、武雄はバーボンのグラスを傾け、喉に流し込んだ。

お堀沿いの高級ホテル。高層階のバー。煌めく夜景を眺めながら、ふたり、窓際のスツールに座っている。

「ふたりきりで話したい」と言い出したのは衿子のほうだ。パーティが終わるまえに武雄と衿子は会場を抜け出し、タクシーでホテルに向かった。このバーを指定したのも衿子で、なんでも若かりしころ働いていたことがあるという。「ずっと来たかったの。でも女ひとりじゃ来られないから」。後半のひと言を聞くやいなや、武雄の全身を血が駆け巡った。久しく出ていなかった男性ホルモンが、ぶしゅう、噴出する音もした。

「よかった。あたくしてっきり小泉さんも二次会、いらっしゃると思って。そのときゆっくりお話できれば、と」

「その話はここまで。もっとほかの話をしましょう」

武雄は優しく遮った。

「そうね。そうだ、あたくし、ずっと小泉さんのお話のつづきが聞きたかったんだわ」

衿子の顔がぱっと明るくなる。

「僕の？」

「ほら、海外暮らしが長かったって言ってらしたでしょう。そういう、お仕事してたときのお話、もっと伺いたくて」

武雄は、ごほ、厳かに喉の調子を整えてから、角紅時代のエピソードを語り始めた。

聞いたか鈴音ばばあ！　世の中あんたみたいな心の狭い女ばかりじゃないんだぞ！

衿子は瞳を輝かせ、熱心に頷きながら、武雄の話に聞き入っている。

けっきょくその夜、武雄が家に帰ることはなかった。そして、衿子も、また。


二ヵ月後。

ようやく探しあてた鈴音の店は、「スナックか赤ちょうちんだろう」という武雄の予想に反し、小綺麗な小料理屋であった。

入ってきた武雄を見て、カウンター越しに客の相手をしていた鈴音は、さいしょおおいに驚いた様子だったが、すぐに笑み崩れ、「いらっしゃあい！　ビール？　それとも焼酎？」と叫んだ。

「ビール。あと適当に二、三品」

「はい、了解」

鈴音はおしぼりを武雄のまえにさっと置くと、すばやい身のこなしでビールの栓を抜き、よく冷えたグラスを添えてカウンターに並べた。

「よく来てくれたわねー。嬉しいわあ」

飴色の大根を鉢に盛りながら、鈴音が言う。

武雄は、にやり、笑いを噛み殺しながら、

「いやあ。あのときはお世話になったから、お礼を言わなくちゃと思いましてね」涼しい顔でこたえた。

「お礼？」

「いやはは。お恥ずかしい。じつはね」

武雄は一気に話した。衿子と運命の再会をしたこと。意気投合し、その夜のうちに結ばれたこと。以来、結婚を前提とした付き合いをつづけていること……。

鈴音は、くるくる働きながら武雄の話を聞いていた。時たま「へえ」「あそう」「そらまた」、相づちともいえぬ返答を寄越す。

「というわけで来週の日曜、うちに来ることになったんだ。籍を入れるまえにどうしても、亡くなったかみさんの仏前に線香、上げたいというものでね」

話し終えた武雄は、ぐっとビールを飲み干した。いつもの何倍も旨い。空き瓶を見て、「も一本、行く？」鈴音が問う。武雄は鷹揚に頷き、「あと、刺し身盛り合わせと霜降り牛の網焼き、くれ」と頼んだ。この店でいちばん高いメニューだ。

鈴音はなにも言わず、ぐるりとめだまを回してみせた。そして、

「気をつけなよぉ」めずらしく、低い、囁（ささや）くような声だった。

「なにが」

「いやその衿子とかいうひと」

「はあッ⁉」

声が裏返るのがじぶんでもわかった。客の何人かがこちらをさっと見た。

「ごめんごめん！　なにも知らないのに余計なこと言って」鈴音は顔のまえでなんども手刀を切り、

「ただ、さーあまりにもうまく行きすぎてる気がしてさぁ」つぶやいた。

「なんだ。やきもち焼いてるのか」

ふん。鼻息荒く大根を口にほうり込む。思った以上に美味しくて、驚く。鈴音はにんじんを刻む手を止め、

「……かもね」にやりと笑った。

衿子は、線香の火を軽く手を振って消すと、線香立てにそっと立てた。鈴(りん)を、ちぃん、ちぃん、二度鳴らし、首を垂れる。

衿子の斜めうしろに座った武雄も、両手を合わせ、目を瞑(つぶ)った。安心してくれ和子。どうやら俺の人生最終盤、なんとかなりそうだ。

武雄が顔を上げてもまだ衿子はうつむいたまま、祈りつづけている。

結い上げた髪のした、うなじの白さ細さに、武雄の目が吸い寄せられる。うなじからつづく、薄い、きゃしゃな肩、ほっそりした二の腕。とても六十一歳とは思えぬ若々しさだ。

そして武雄は知っている。こんなにも細く、たおやかなからだであるのに、乳房はいまだ張りつめ、豊かであることを。

衿子のなめらかな肌を思い出し、武雄の気持ちが昂(たかぶ)り始める。落ち着け。和子の仏前であるぞ。武雄はじぶんを戒める。

ようやく衿子が顔を上げた。再度、礼をしてから武雄のほうへとからだの向きを変

える。

「よかった。ようやく奥様にご挨拶できて」

衿子の目に、うっすらと涙が滲(にじ)んでいる。武雄はわざとぶっきらぼうにこたえた。

「うん。家内も安心したと思うよ」

「さあ、じゃお夕飯の支度、しなくちゃね」

衿子はトートバッグを引き寄せた。武雄はあわてて、

「いやいいんだ、そんなことしなくても」止めたが、衿子は、

「だーめ。今夜は任せてくれるって、約束」

悪戯(いたずら)っぽく笑うと、バッグから白い割烹着(かっぽうぎ)を取り出した。割烹着！ 割烹着すがたの衿子！ 武雄は想像しただけで血圧が上がり、脈が乱れるのを感じる。

衿子と暮らすようになったら。

武雄は深呼吸しながら考える。

降圧剤を増やさないといけないかもしれん。


「どう？ お口に合ったかしら」

ダイニングテーブルで向き合った衿子が、微笑んで聞く。

「うん、うまかった。ごちそうさま」武雄も微笑み返した。

ほんとうのことをいえば、肉じゃがは味が濃すぎたし、みそ汁はまるで出汁の味がしなかった。唐揚げはなかまで火が通っておらず、正直、食べるのにちょっと勇気がいった。だが、なぁに、そんなことはたいした問題ではない。衿子が料理が苦手ならば、今後は外食にすればいいだけの話だ。

そんなことよりも。

武雄は思う。

一緒に食卓を囲む相手に、ふたたび巡り合えたことが嬉しい。ひとりきりで飯を食べなくて済むのが、俺にとってはなによりの調味料だ。

「片付けはあとにして、向こうでテレビでも見ないか」

うきうきしながら、声をかける。衿子が頷いて立ち上がった。

武雄はいそいそと、居間につづくドアを開けた。ソファの、衿子のためにと新調した高価なクッションのうえで、小梅がのうのうと寝ているのが目に入る。

「小梅っ！」思わず大声が出た。

小梅は、片目をうっすら開けて武雄と衿子を見、それから「ほがー」、顔が裏返っちゃうんじゃないかと心配になるくらいの大あくびをかました。

「しッしッ！」

手を振って追い立てると、ようやく小梅は立ち上がり、ぼたんと床に降り立った。

例の、嫌ぁな目で武雄と衿子を睨みつけてから、ゆうゆうと居間を出てゆく。

「ずいぶん立派な猫ちゃんね」小梅を見送った衿子が言う。

「いやはは。お恥ずかしい。俺とふたりきりが長かったもんだから、すっかり人間気取りで」

「そう」

「でも、これからは衿子さんがいてくれるから、やつもちょっとは猫らしくなると思うよ、うん」

そう言いながら武雄は衿子に気づかれないよう、クッションについた小梅の毛を払った。

「さ、さ、座ってすわって。お茶淹れよう。あ、コーヒーがいいかな」

「……そのことなんだけど、武雄さん」

「ん？」

「……結婚、できなくなりました。ごめんなさい」

驚いて振り向く。衿子はドアのまえに立ち尽くし、ふるふる、肩を震わせている。

「できないって、そんな、なんで」

「……弟に、がんが見つかって。その治療費を出さなきゃならなくて」

がん？ 治療費？ 武雄は必死に衿子の話についていこうとする。

「借金、したんです。それを返すためにあたし……働くことにしたの。この歳だから働き口もなかなかなくて。ようやく見つけたのが、北海道の旅館の住み込みで。だからもう武雄さんとは」

「待て、待って。借金て、いくら」

衿子は、うつむいたままちいさな声で、

「……二百万」こたえた。

武雄の全身からちからが抜ける。二百万。たったの二百万！

「……ごめんなさい。ごめんなさい」

泣き崩れる衿子を、ひしと抱きしめる。背中を撫でてやりながら、

「心配しなくていい。衿子さんはなにも心配しなくていいから。俺に任せて。ぜんぶ。ね？」

耳もとで囁いた。衿子は、泣きじゃくりながら、なんどもなんども頷いた。

守ってやれる女がいる。男としてこれほどのしあわせがあろうか。いやない。反語。

武雄は、からだじゅうにエネルギーが充(み)ちてゆくのを感じる。

「で。けっきょくいくら貸したの」

「……せんにひゃく」

「ぁあ？」

よく聞こえないというふうに、鈴音が耳を近づける。

「千二百万だ」

武雄は、地面を見つめたまま繰り返した。

鈴音の店にほど近い、夜の公園。平日の深夜、公園はおろか歩道にすらひとかげはなく、時おり思い出したように車が通り過ぎるだけだ。

「また、ずいぶんと気前よく貸したねぇ」

そう言って鈴音は夜空を見上げた。晴れて月明かりもないが、都会では、ほんのわずかな星しか見えなかった。


言われるがまま、武雄は衿子に金を渡しつづけた。「弟」という人物にも会った。痩せて、顔色と目つきの悪い「弟」は、衿子にまったく似ていなかったけれども、「お義兄さんは命の恩人です」、涙まじりに手を握られると、それ以上どうこうは言えなかった。

一千万を超えたあたりで、さすがの武雄も不安になり始めた。

「借用書を書いてほしい」

新たに二百万渡すとき、初めて衿子にそう告げた。衿子は笑顔で頷き、武雄の用意した書面にさらさらと署名、捺印(なついん)する。その迷いのないすがたを見て、武雄はようやくほっとする。

返済期限が来て、武雄はそれとなく衿子に催促をした。二万でも一万でも、いや数千円だっていい。衿子に「返す意思がある」ということを確かめたかった。衿子はすまなそうにうつむき、「来週必ず返します」、とこたえた。

だが翌週になっても、金は一円たりとも返済されなかった。

電話、メール、電報。ありとあらゆる手段を用いて衿子と連絡を取ろうと試みたが、いずれの手段も用をなさなかった。

ならばと武雄は借用書に書かれた住所を頼りに衿子の家に向かったが、自宅があるはずの場所は草のぼうぼうと茂る空き地で、風にゆれるねこじゃらしの群れのなかでようやく武雄は、じぶんがまんまと騙(だま)されたことを知った。

駅まえに戻り、目についた酒場に飛び込んだ。三軒目までは覚えている。

気がついたときには、泥まみれ・あざだらけのすがたで、鈴音の店のまえに立っていた。

「行けば？　警察」

夜空を見上げたまま、鈴音が言う。

警察。警察に行けば、調書を取られる。調書を取られれば、子どもたちにばれる。きっと子どもたちは、年甲斐もなく女に迷ったと俺を嘲笑うだろう。それだけは避けたかった。威厳ある父親として、せめて死にたかった。

武雄は首を振る。

「……ま、いいけどさぁ。武雄さんのお金だし。『夢を買った』と思えば。……ずいぶんとお高い夢だけど」

鈴音が煙草を取り出した。

「いる？」

武雄は頷き、一本引き抜いた。鈴音がライターで火を点けてくれる。十何年かぶりに吸う煙草は、苦いだけでなんの味もしなかった。鈴音も火を点け、おおきく吸い込んだ。はき出した細い煙が、街灯を受け、青白く立ち上ってゆくのを、武雄はじっと見つめる。

「北斗七星」

唐突に、鈴音が煙草の先で夜空を示した。

「見える？　柄杓のかたちの七つ星」

言われ、武雄はぼんやり夜空を見上げる。瞬く星がいくつか、かろうじて確認できた。北斗七星。そういえばそんな星があったな。

「あたしの死んだ亭主、天文学者でさ」

「嘘をつけ」

反射的にこたえた武雄の背中を、鈴音が、どん、ちからいっぱいどついた。思わず咳き込む。

「光学観測が専門で。だから新しい天文台ができると、調整のために呼ばれたりしてた。でね、いよいよ観測を始めるぞってとき、必ず嬉しそうにこう言うの。『今夜がファースト・ライトだ』って」

「ファースト・ライト？」

「望遠鏡が、初めて捉える星の光を、ファースト・ライトって言うんだって」

「知らなかった」

知らなかった。

武雄はこれまでの人生、ただひたすらまえだけを見て歩いてきた。前進、前進、前進あるのみ。したを向くほど負けたことはなかったし、うえを見上げるほどの余裕もまた、なかった。

鈴音が、静かにつづける。

「最初の光がファースト・ライトなら、きっとその望遠鏡が捉える最後の光は、ラスト・ライトっていうんだろうなぁって、あたし、思ってたの。亭主に話したら『そんなことばはない』って笑われちゃったんだけどさ。でさぁ、もしもよ、もしそれを人間にあてはめるとしたら、ファースト・ライトは初恋なわけじゃん」

「まあ、そうだろうな」

俺という望遠鏡が捉えた最初の光。じぶんとは違う輝きを放つまったく未知の星。

「セカンド、サード……。歳を重ねるごとに光の数も増えていって、でさ、気がつくと残されているのは、もうラスト・ライトしかないんじゃないかって思うわけ、あたしらには」

「最後の恋、か」

鈴音が頷く。

「最後だけど、最後だからこそ、どこかで必ず光ってるはずだよ、あたしらのラスト・ライト。まだ見つからないだけで、さ」

武雄はあらためて夜空を見上げた。

夜が更け、町の明かりが減ったからだろうか、さっきよりは北斗七星がくっきりと見える気がする。

この広い夜空のどこかに。

武雄は考える。

俺の「最後の星」も存在しているのだろうか。だとしたらそれはどんな星で、どんな光りかたをしているのだろうか。

見つけるためには、うえを向いてみないといかんな。まえだけ見て歩くのではなく、たまには顔を上げて、空を見る。いままで見たことのない風景を、見る。

「……あるかな」

「あるよ」

「見つかるかな」

「望遠鏡しだいでしょ、それは」

「磨かんといかんか」

「光軸も調整しないと」

「歪(ゆが)んでるか、俺の望遠鏡は」

「だからー。まえにも話したでしょー。まず話の内容が悪い。話しかたも悪い。聞く姿勢に、洋服のセンス、あとね、あとなんだっけ」

「もういい。もういいって」

あわてて遮る。このまま鈴音のダメ出しを聞いていたら、夜が明けてしまいそうだ。

でも、と武雄は思い直す。

そんなふうに過ごす夜も、悪くないかもしれないな、意外と。

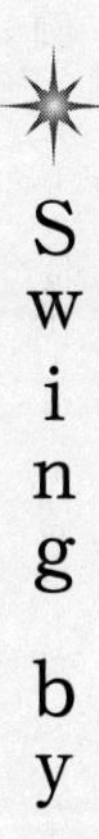
Swing by

如月五月は、北上誠也が視界から消えたとたん、どっはぁー、盛大なため息をついた。金属製のドアに背中を凭せかけ、二時間にわたる打ち合わせで凝った肩を片手で揉む。なんというヤな奴であろうか。

五月は、最前まで誠也の座っていた来客用のソファに目を向ける。くたびれた安もののソファには、まだくっきり誠也の尻のかたちの窪みが残っていた。いまの五月にはその窪みさえオゾマシイものに思える。

スマホが鳴る。五月は重い足取りでじぶんのデスクに向かう。液晶画面には『利加子さん』と出ていた。もひとつため息をついて、五月は「通話」をタップする。

「来たぁ？　例のヒト」挨拶もまえ置きもなにもなしに、利加子が喋り出した。

「来ましたよ。ちょうどいま帰ったとこです」

こたえると、たたみかけるように利加子が、

「で。引き受けたんでしょ、もちろん」

もちろん、を強調して、言う。五月は、誠也の置いていったファイルをぱらぱらめくりながら、

「できれば断りたいんですけど」

正直な気持ちを告げた。スマホの向こうから、はッ、利加子の鼻を鳴らす音が聞こえ、つづけて「仕事選べるご身分じゃないでしょ」、しごくもっともな指摘が返ってきた。

五月が上北沢駅からほど近い甲州街道に面した古い雑居ビルで、「便利屋キサラギ」を始めてからもう六年が経つ。草むしりから換気扇の掃除まで、インコ探しから浮気調査まで。「便利屋キサラギ」の守備範囲は広い。今回の仕事も、その守備範囲の広さ(と業績の不振)を買われて(見通されて)、持ち込まれたものだった。

「でもさぁ『別れさせ屋』なわけでしょ、要は。こういう反社会的な行為は、おれ、ちょっと」ことばを濁すと、「でも犯罪じゃないよ」利加子の声が、びしり、五月のことばを遮った。

利加子は五月の古い知り合いであり、同業者である。同業者ではあるけれど、彼女の会社にはひとつ特色がある。それは「女性スタッフだけの便利屋」という点だ。「女性だけ」というところに客が安心して、仕事を依頼されることも多い。だがときに、女性では引き受けられない依頼が持ち込まれることもある。たとえば今回のケースのような。そんなとき、利加子は五月に話を振ってくる。

「とにかく。五月くんを紹介したあたしのメンツをつぶすようなことだけはしないで。わかった?」

五月より十歳若い三十五の利加子は彼を「五月くん」と呼び、五月は彼女を「利加子さん」と呼んでいる。ちから関係が呼称に多大な影響を及ぼす好例と言えるだろう。

最後の抵抗、とばかり五月が沈黙していると、電話の向こうから低いひくい声が響いてきた。

「……三百五十七万八千飛んで四円……」

「うッ」五月は思わず呻き声を漏らした。

「三百五十七万八千飛んで四円！　仕事引き受けないんだったら耳を揃えていますぐ返しな！」利加子の、容赦ないことばがつづく。五月はめまいを感じ、デスクに手をついてからだを支える。

「どうなの返せるの返せないの⁉」

「……返せません……」

「だったらこの仕事」

「……引き受けさせていただきます……」

「うム」ようやく利加子は声を和らげ、細々とした注意を与え始めた。

三十分後。ようやく解放された五月は、スマホをデスクに戻し、あらためてファイルを手に取る。A4用紙五枚にわたって、今回の標的である誠也の妻・美緒の情報が書かれてある。

「一身上の都合で」どうしても妻と離婚したい。だが、妻の父は仕事上たいへん重要な人物なので、どうあってもじぶんからは離婚を切り出せない。なので妻と肉体関係を持ち、その「証拠」を握ってほしい。その「証拠」があればじぶんはつつがなく離婚できるであろう――

ソファに深く腰かけた誠也はそう言い、白く長い指で髪を軽く掻き上げた。ブランドものらしき腕時計が、きらりと光る。口調には、ひとに命令をくだすことに慣れ、そしてそのことを当然と思っているもの特有の傲岸さが溢れていた。

「着手金として三十、持ってきましたが」そう言って銀行の封筒を、ぽん、ローテーブルに投げた誠也は、貧相な事務所をぐるり見渡すと、「ま、足りなかったらいつでも遠慮なく言ってください」、まっ白な歯を見せて、笑った。

なんというヤな奴であろうか。思い出し怒りの焔が燃え上がりそうになるのをぐっと堪え、五月は、無理やり意識をファイルに集中させる。

北上美緒、二十五歳。実家は旧華族にして大資産家。某お嬢様短大を卒業後、すぐに結婚、家庭に入る。ふたりのあいだに子どもはいない。最後のページに写真が載っていた。長い髪にゆるふわのパーマをかけ、おっとりと微笑む「北上美緒」。黒目がちのおおきな瞳には、なんの疑いも不安も浮かんではいない。すべてを相手に委ねきったような、そんな無防備きわまりない、笑顔。

奥さん。五月はこころのなかで呼びかける。これからたいへんなことに巻き込まれるみたいだよ、おれも奥さんも。

五月が誠也と会った同じ日。北上美緒は、実家である久世家の広いリビングで、北欧製のモダンなソファに身を沈めていた。ダイニングの向こうのキッチンから、ことこと、ビーフシチューの煮えるここちよい音が響いてくる。歌舞伎座に行くという母に夕飯作りを頼まれ、料理教室からそのまま実家に帰ってきている。

誠也は今夜も遅いというから、じぶんも実家で食べてから帰ろう。誠也のぶんは持ち帰って、家で温め直せばよい。

美緒はおおきなあくびをした。昨夜遅くまで友だちとLINEでお喋りしていたので、なんだかとても眠い。でも起きていなくっちゃ。お鍋、かけっぱなしだもの。眠気を払うため、大画面のテレビをつける。女性向けのワイドショー。ちいさな子どもを抱えたシングルマザーの奮闘記が流れてくる。

たいへんだなあ。美緒は素直にそう思う。子育てしながら働くなんて。しかも女手ひとつで。

美緒は、働いたことがない。結婚が早かったし、なにより「女は働くべきではない。家にいて家庭を守るもの」、そう言われて育ってきたので、仕事をしようという発想じたい浮かんだことがない。

宅配便の運転手として走り回る、じぶんと同い年くらいのシングルマザーを見ながら、美緒はしみじみ「じぶんは恵まれている」と思う。夫の誠也が毎月渡してくれる家計費はつねにふんだんだし、住まいは自由が丘の真新しい一戸建てだ。じぶん用にと車も与えられているし、服を買おうがエステに行こうが、誠也はなにも言わない。だからわたしはしあわせ。あのシングルマザーよりずっとずっと、しあわせ。美緒は、じぶんでじぶんに頷（うなず）いてみせる。

テレビを眺めているうちに、いつしか美緒はソファにからだを預け、ぐっすり眠り込んでしまう。キッチンでは鍋のふたが、ことことかたかた、ちいさく揺れつづけ――やがて、ぶすぶす、不吉な煙が上がり始める。

駐車場のよこにある自動販売機のかげで、五月は美緒の帰りをじっと待ちつづけている。誠也に渡されたファイルによれば、そろそろ料理教室を終えた美緒が車に戻ってくる時間だ。確認のため、五月はスマホに指を滑らせ、保存した美緒のスケジュール表を呼び出す。月・水が料理教室、火がお花で金曜日はアロマテラピー教室。なんと有閑なマダム！　年中無休で働くおのれの生活を顧み、五月のこころに残る罪悪感が、すこし薄れた。と、住宅街の角を曲がり、若い女性がひとり、こちらに向かって歩いてくる。五月はその女性をじっくりと観察する。間違いない、北上美緒だ。

美緒は、ゆったりとした動作で精算機にコインを落とした。優雅な足運びで青いアウディをめざす。五月は、ごくり、唾を飲み込んだ。美緒が停めた直後、アウディの右まえのタイヤにアイスピックを突き刺し、パンクさせておいた。二時間以上経過したいま、誰が見てもわかるほど、タイヤは見事につぶれている。

美緒は驚き、そして困惑するだろう。そこに登場するおれ。あざやかな手つきでスペアタイヤを装着してやるおれ。感謝する美緒。おれはさりげなく「いかがです？　そこのカフェでお茶でも」と誘い、そして——そこまで想像した五月は、だが信じられないものを目にする。美緒はパンクにまったく気づくことなくアウディに乗り込み、エンジンをかけ、あまつさえ車をスタートさせたのだ。

ぼびぼびぼびぼび。異音を盛大に発しながらアウディが駐車スペースを出る。道ゆくひとびとが目を丸くしてこの事態に見入っている。

さすがアウディ、ちゃんと走ってる。てか気づけよ！　五月はあわててアウディに駆け寄った。走りながらおおきく手を振り「タイヤ！　パンクしてますよ、タイヤ！」と叫ぶ。美緒が五月を見た。驚きの表情を浮かべ、車を停止させる。よかった、ようやく気づいたようだ。ほっとして足を止めた五月に向かい、急発進したアウディが突っ込んできた。

「ほんとうにごめんなさい」

何度め、いや何十度めになるかわからない謝罪のことばを、美緒はベッドによこたわる男＝五月にかけた。五月は弱々しく笑い「だいじょうぶですから」、言ったとたん、顔を顰めた。きっと地面に打ちつけた腰に響いたのだろう。美緒は、

「動転してしまって、わたし。暴漢でも来たのかと。それで逃げようと思って、とっさに」小さなちいさな声で言った。五月が頷く。またしても顔を顰めた。

ふたり、五月の事務所兼自宅に来ている。

はねられたあと五月は「救急車も病院も必要ない」と言い張り、仕方なく美緒はタクシーで五月を送り届けた。五月の住むというビルは古くてエレベーターもなく、五月は美緒の肩にすがって部屋までたどり着き、たったいまようやくベッドに倒れ込んだところだ。

美緒は、そうっと部屋のなかを観察する。どうやらワンフロアをパーティションで仕切り、事務所と自宅に分けているようだ。こちらがわにあるのはフレームのじゃっかん曲がったパイプベッドとニスの剝げた洋服ダンス。キッチン（と呼べるのであれば）のよこに、傾いたカフェテーブルと折りたたみ式の椅子が一脚。至るところに本や新聞が積み上げられており、さらにそのうえにぶ厚い埃が積もっている。

人間ってこんなところでも生きていけるんだ。すごいなあ。美緒は素直に感動する。

「めずらしいですか」

五月が声をかける。そのことばに交じる皮肉な調子に、美緒は気づかない。頷きながら、

「はい。あちらが事務所なんですか?」

パーティションの向こうを指さした。五月は頷き、

「便利屋という仕事をしてまして。わかります? 便利屋」

「お家の片付けとかワンちゃんの散歩とかしてくださる、あの?」すこし考えたのち、美緒はこたえた。

「そうです。それをひとりでやってます」

「おひとりで。えらいですねえ」

「ひとりですからね。代わってくれるひともいなくて」

「ですよね。なにせおひとりですものね」

「ええ。だから困ってしまうんですよね。こういうとき。とても」

そう言って五月は美緒をじっと見つめた。美緒け困惑する。なんだろう。なにが言いたいのだろうこのひと。

ふたりの目が合ったまま、時が流れる。その間、廃品回収車が一台、パトカーと消防車が各一台、甲州街道を走っていった。やがて五月が掠れたような声で、

「……手伝ってもらえませんかね、仕事」と言った。

どうしよう。絶対だめって言われるに決まってる。

その日の夜、自宅で誠也の帰りを待ちながら、ただひたすら同じことばを、美緒は頭のなかで繰り返す。

五月のあの突然の申し出。じぶんが怪我させてしまった手前、即座に「無理です」とは言えなかったけれども、外で、しかも男性とふたりきりで働くなんてこと、誠也が許してくれるとはとうてい思えなかった。女友だちとの食事会すら、嫌な顔をする夫だ。その夫が。ひとり悶々と悩んでいた美緒は、

「どうしたの。灯りも点けないで」間近で聞こえた誠也の声に、だから飛び上がるほど驚く。「おあうぇりなさい」声が裏返っているのがじぶんでもわかる。ネクタイを緩めながらリビングに入ってきた誠也が、

「ただいま。あぁ疲れた」ジャケットをソファに投げた。美緒は、

「お夕飯、どうなさる?」なるたけさりげない調子で尋ねる。

「いらない。済ませてきた」言うなり誠也は、美緒に背を向けリビングを出てゆく。

聞かなきゃ、とにかく。美緒は、誠也の背中に問いかける。

「あの、じつはちょっと事情があって、知り合いのお仕事、手伝いたいんですけれど」

「いーんじゃない」

早！ しかも諾！ 予想だにしない誠也の反応に、美緒は驚く。

「い、いいの？ ほんとうに？」

「同じこと二度も言わせるなよ」言い捨て、誠也は階段を上っていった。

どうしたのだろう。なぜこんなにあっさりと誠也は。美緒は、そのうしろすがたを
ぼう然と見送る。以前の誠也なら、こんなことあり得なかった。そう、以前の誠也なら。

以前の誠也？ では「いまの」誠也はいったい。

だめ。考えてはだめ。

深いところへ分け入ろうとする思考を、美緒は必死で押しとどめる。くちびるを噛みしめ、目を閉じ、深く息を吸う。窓の向こうを覗いてはだめ。箱を開けてはならない。ここに、この場所にいる限り、わたしは安全で快適でそして——しあわせ、なんだから。

階上で、寝室のドアが、ばん、乱暴に閉められる。

静かな夜が、ふたたび戻ってくる。

こんこん。遠慮がちにドアがノックされた。すかさず五月はおおきな声でこたえる。

「どうぞ。開いてますよ」

恐るおそる、といった感じでドアが開き、レジ袋を抱えた美緒がすがたをあらわし

た。「お邪魔いたします」

　来るという確信はあったものの、実物の美緒をまえにして、五月は、ほぅ、思わず安堵の吐息が漏れてしまうのを止めることができない。

「お疲れさま。よろしくお願いしますね」、とびきりの笑顔で迎えた。かつてはこの笑顔で何人もの女を泣かせてきたものだ。その三倍くらい泣かされたけども。

　美緒は、硬い表情のまま頷いたが、挨拶を返す気配はない。

　お高くとまりやがって。どうせ馬鹿にしてるんだろう、おれみたいな貧乏人のことなんか。五月は内心むっとしたが顔には出さず、

「済ませてきてくれました？　買い物」問う。

「はい。このように」美緒は重そうなレジ袋を持ち上げてみせた。五月は頷き、

「じゃさっそく行きましょうか」営業車のキィを、ちゃりん、フックから持ち上げる。

「如月さん、運転できるんですか。お腰は」美緒が驚いたように聞く。五月は首をよこに振り、

「いいえ。立って歩くのだけでせいいっぱいです。運転は美緒さん、お願いできますか」悲しげに言ってみせた。こころのなかで「できるよな。なにせパンクしたアウディを転がせるくらいなんだから」皮肉をつけ足す。美緒は、もちろんなにも気づかず、強張った顔のまま頷いた。

「怪我を口実に美緒を雇い、隙を見て男女の関係に持ち込む」

昨日、追い詰められた五月が放った、見事な逆転大ホームランだ。利加子に報告すると、「やるじゃん五月くん」、めずらしく手放しで褒められた。もちろん誠也にもコトの次第を伝えてある。誠也は快諾し、あまつさえ「帰宅して、あの鬱陶しい顔を見なくて済むなんてありがたい」と感謝までされた。

「あの。これから伺うお宅というのは」十五年落ちのハイエースのハンドルを握りしめた美緒が、不安そうに聞く。

「寺川さんというひとり暮らしのおばあさんです。ふだん夕食を届けている娘さんが、十日ほど旅行に出るということで、その間の食事の支度を依頼されたんですよ」

助手席に座る五月は、できるだけさわやかにこたえる。ほんとうは腰が痛くていたくて、唸り声をあげたいくらいであった。

「お得意さまですか」

「いえ。初めてのクライアントです。八十八歳だそうですけど……だいじょうぶですか？」

「お任せください。とびきりのお料理をお作りしますから」美緒が請け合う。

「よかった。おれ、料理とか全然だめで。美緒さんがいなかったら……」五月は、さりげなく美緒に手を伸ばす。

「あ、道、間違えた！」美緒がいきなり急ハンドルを切る。強烈なよこ揺れに腰が捩じれ「ひぎッ！」、五月は踏まれたかえるのような悲鳴を発した。

寺川さんの家に着く。築数十年は経とうかという木造の一戸建てだ。荒れほうだいの庭木を掻き分け、玄関に向かう。呼び鈴を押すやいなや、戸が、がららと開き、五月も美緒も、思わず半歩、身を引いた。

あらわれたのは、五月のはんぶんほどの背丈しかない、華奢な老婆だった。目と鼻が異様におおきく、顎がやたらにちいさい。その風貌から、五月は南国の鳥を連想する。鳥が、もとい寺川さんが声を発した。

「遅い」

「申し訳ありません」反射的に腰を折ると、痛みで目のなかに星が飛んだ。

「上がれ」言うや、寺川さんは摺り足でなかに消えた。ぐずぐずしている美緒を急かしながら、あとを追う。暗い廊下のさきに、台所があった。ふたりが追いつくと、寺川さんは鉤爪のような指で美緒を指し、

「ここを使え」と言った。美緒は、こくこく、無言でなんども頷き、レジ袋を抱えて

台所に駆け込んだ。つづけて五月が入ろうとすると、「違う！」、思いのほか強いちからで袖を引かれた。

「違う？」

「お前はこっちだ」そう言って、台所に隣接するガラス戸を開けた。

そこはどうやら居間として使用されているらしく、テレビやこたつ、座椅子にざぶとんなどが置かれてある。ほかにも、手ぬぐいだの新聞の束だの重ねた食器だの健康器具らしきものだので、立錐の余地もない。

寺川さんは、さっさとこたつに入ると、じぶんの左側を指し「座れ」と告げた。五月は、苦労してものをどかし、空間を作ってこたつに座った。次はなんと言われるのだろう。どきどきしながら寺川さんのよこ顔を窺う。だが寺川さんはなにも言わず、テレビの時代劇を食い入るように見ている。まばたきひとつ、しない。

こ、こわい。こわいよう。腰の痛みすら忘れ、五月は恐怖に震える。

どうしよう、出刃包丁を研ぎ出したりしたら。あるいは謎の大鍋で、かえるとかみみずとか煮始めたら。

台所からは、なにかを刻む音、冷蔵庫を開け閉めする音が響いてくる。と、突然、

「けけ」

化鳥のごとき声があがった。びくり。からだを震わせ、五月は寺川さんを見る。

「けけけけ」。どうやら笑っているらしい。ごくわずか口角が上がり、鋭い犬歯が、ぎらり、覗いている。

なにやってるんだ美緒！　早く、はやくメシ作れよ！

五月の願いむなしく、料理が完成したのはそれから二時間も経ったあとだった。

「お待たせいたしました！」

弾んだ声とともに、がらり、ガラス戸が開き、四角い盆を手にした美緒があらわれた。五月はあわててテーブルのうえのものをどかす。空いたスペースに、美緒が皿を置いてゆく。並んだ皿をまえに、五月は思わず天を仰いだ。なんてことをしてくれたんだ！　寺川さんは巨大な目を、さらにひん剝いて料理を見ている。

平たい大皿に、厚さ五センチはあろうかというステーキが載っている。つけ合わせはクレソンと皮付きのベイクドポテト。べつの皿にフランスパンが数きれ。めくれ上がった皮がいかにも硬そうだ。サラダには、きっと見栄えを考えてのことだろう、おおきめにカットされたパプリカやきゅうりがごろごろ転がっている。だが特筆すべきはスープで、白濁した汁のなかに、ごろり、巨大な骨付きの肉塊がよこたわっている。

「……これは、いったい……」まずはステーキを指し、五月が呻く。美緒は、得意げに胸を反らして、

「特選A5ランクの松阪牛です。行きつけの赤坂のお店で買いました。美味しいですよ、脂が甘くて」

特選・A5・松阪牛。いきなり強烈な連打を浴び、五月はリングに沈みそうになるが、気力を奮い立たせて再度聞く。

「……これは?」

「お友だちが鎌倉でパン屋さんをやってて。焼き立てをバイク便でお取り寄せしました。パリッとした皮が大好評で。なかには口のなかを切っちゃうひともいるくらい」

鎌倉・バイク便・傷害事件。五月の目に涙が滲む。

最後の問いは、寺川さん自身が発した。

「骨」鉤爪が、びしり、スープを指す。美緒が、初めてすまなそうに、

「同じく松阪牛のテールスープです。時間がなくてまだ硬いですけど、そのぶん旨みが生きてます。さあどうぞ召し上がれ」

寺川さんは無言で立ち上がった。そのまま台所へ消える。そのすがたを、美緒が不思議そうな顔で見送る。すぐに寺川さんが戻ってきた。手に、なにかちいさな壺を摑んでいる。

「それは」美緒が口にするのと寺川さんが行動を起こすのは同時だった。

「出ていけ!」

言うなり寺川さんは、小壺から塩を摑み出し、ちからの限り美緒と五月に投げつけた。

「で？　で？　それで⁉」

スマホから、利加子の勢い込んだ声が流れてくる。五月は、ため息と一緒に、

「塩って痛いもんですね、意外と」ことばを押し出した。

「あたし初めて聞いたよー。ほんとうに塩撒かれたヒトの話」

感心したような利加子の声に、

「食用だけでなく塩は立派な凶器にもなると今日、学びました」

五月は、赤く腫れ上がった目を擦った。ぼやけた視線のさきには、領収書の束。美緒から預かったものだが、まだ検める勇気が出ない。

「で、どうよ。明日も来そう？　彼女」

「無理じゃないすか。そうとう落ち込んでましたから、さすがに」五月がこたえると、

「えーじゃあ困んじゃん。どーすんのよ、どーやって落とすのよ」

ぶうぶうブーイングを垂れた。五月は、

「ま、なんとかしますよ。なんとか」言い、喋りつづける利加子を無視してスマホを切った。許してください利加子さん。今夜のおれは完全にKOされてるんです。腰に負担をかけないようからくり人形のごとく水平に歩き、そうっとベッドによこたわる。

ああ痛い。目も腰も懐も痛い。それもこれもぜんぶあの北上美緒のせいだ。五月は、ぎりり、歯を食いしばる。ぅおのれ、北上美緒、どうしてくれよう。

とはいえ彼女が辞めてしまったら、接点がなにもなくなってしまう。代案を考えておかなければ。五月はおおきなため息をついた。眉間が重苦しい。どうやら頭まで痛み始めたようだ。


ようやく帰りついた家には、めずらしく誠也がいた。いつものようにソファに寝そべり、大音量でテレビを見ている。美緒が、

「……ただいま帰りました」気力を振り絞って声をかけると、

「おかえり」ちらりと美緒を見た誠也が、ぎょっとしたような表情を浮かべた。

「な、なんだその顔！」

美緒は両手でゆっくり顔を撫でる。駅のトイレでずいぶん洗ったけれど、やっぱり残ってるのかな、お塩。

「……仕事が……上手くいかなくて」

「仕事？ 例の便利屋の？」誠也のことばに美緒は黙って頷く。

「仕事ったって、料理作るだけだろ。上手くいくもなにも」

「わたしもそう思ってたんです。ですけれど」

気づくと美緒は、今夜あったことのすべてを誠也にぶちまけていた。そんなつもりはなかったのに。じぶんひとりで抱え込むつもりだったのに。

話し終え、ようやく口を閉じる。指さきが細かく震える。乾燥しきったくちびるが上手く合わさらない。と、それまで黙って聞いていた誠也が、

「……あたりまえじゃないか」と言った。

冷たい、声だった。静かな圧し殺したどこにも「隙」のない、声。初めて聞くそんな誠也の声に、美緒はうろたえる。誠也はつづけて、

「肉だのパンだの、そんなの高齢者が食べられるわけがない。ちょっと考えればわかりそうなものだけど」

「で、でもわたし、せいいっぱい気持ちを込めて美味しいお料理を」

「それはぜんぶあなたの都合。お客様にとっては関係ない。違うか？」

美緒は二の句が継げない。そんな美緒に向かい、

「たとえば、死ぬほど喉が渇いてて、水を買いに行ったとする。ところが出てきた相手に『こころを込めて作ったのでこっちをどうぞ』って熱いラーメンのスープ出されたら、あなた、嬉しい？　あなた、それ、ありがたいと思う？」

美緒はなにも言えない。こたえられない。誠也は細めた目で美緒を見据え、

「あなたのやっていることは、けっきょくすべてが自己満足。じぶんのため。その域

を出ない。主婦が道楽でやるぶんには、私だってそれを否定はしない。ただ、それを仕事でやられたら困る。非常に困る。信用を失くし、顧客を失ってしまう。致命的、致命的なんだよ企業にとっては。それがわからないというのは」

そこまで喋り、ふと我に返ったように、

「ま、とはいえ美緒には関係ない話だよね。おれもお義父さんもいるんだから、美緒が働くなんてこと、一生あり得ないもんね」

あはは。明るく笑ってみせた。張りつめた空気に、笑い声だけが虚しく響く。

美緒はぼうっとした視線を誠也にあてる。誠也はその視線から逃れるように「風呂、入ってくるよ」、言い捨て、大またでリビングから出ていった。

そっか。やっぱりそうなんだ。わたしはだめな人間なんだ。わかってはいたけれど。やっぱりわたしは愚かで無能で。

ひとり残された美緒は、自問自答をつづける。

だからここにいるしかなくてわたしは。ほかのどこにも居場所なんてなくてわたしは。その代わりここにいさえすれば、怖いことも傷つくことも損なわれることもなくわたしは。

でもこの場所って。

突然美緒のからだを雷のような恐怖が貫く。

ずっと「在る」のだろうか。生きてるかぎりずっと「在る」ものなのだろうか。

だめだ。考えてはだめだ。考えては。

美緒はのろのろと動き出す。考えてしまわないように、なにかしなくっちゃ。なにか。

あ、テレビ、消そう。誰も見てないし、もったいないし。

リモコンを手に取った美緒はふと画面を見やり、映し出される映像と流れ出るナレーションに、かすかに反応する。

宇宙。人工衛星？ いや違う、あれは確か「はやぶさ」だ。遠い小惑星まで飛んで、なんとか地球に帰ってきた、あの。

美緒は手を止め、そのドキュメンタリー調の番組を見るとはなしに見る。どうやら「はやぶさ2」なるものが近ぢか打ち上げられるらしい。その記念として、「はやぶさ」の「一生」を振り返っているのらしい。

ほんのすこしだけのつもりだったのに、いつのまにか美緒はソファに座り込み、その番組に全神経を傾けている。番組が終わったあと、かなり長いあいだ放心したように座り込んでいた美緒は、やがて立ち上がり、ＰＣで熱心に調べものを始める。

ノックの音が響いたとき、まさかそれが美緒だとは五月は微塵（みじん）も思わなかった。だからドアを開け、そこに美緒を認めたとき、五月は腰が抜けるほど（すでに抜けてるも同然だが）驚いた。しかも驚いた理由はふたつ。

「お邪魔いたします」

昨日と同じくレジ袋を抱えた美緒が、深ぶかとお辞儀する。五月はドアを押さえたまま、まじまじと美緒を見た。美緒が小首を傾げる。

「なんでしょう？」

「いや……まさか来るとは……」

「来ますよ。だってお仕事でしょう」

きっぱりと美緒が言う。五月は、「……はあ、まあ」ことばを濁し、あらためて美緒を見る。驚きの理由、其の二。

まっ赤に充血した目、くっきり浮かぶ隈。肌はかさかさで、ファンデーションがまだらに浮いている。昨日まできっちり巻かれていた髪は乱れ、毛さきが絡まり合っていた。その髪に、なにかきらきら光るものが無数にくっついている。なんだろう、あれは。五月は目を凝らし――「ううッ」、思わず呻いた。塩。塩だ。とすると昨夜美緒は風呂に入らなかったのだろうか。有閑なマダムにまさかそんなことが。

驚く五月を気にもせず美緒は「早くはやく。そろそろ出ないとまた寺川さまに叱られます」と急かした。

呼び鈴を押し終わらないうちに、がらり、今日は戸が開いた。

仁王立ちの寺川さんがそこにいた。左手に例の小壺を握りしめ、いつでも撒けるよう右手を壺にかけている。さっ。五月は反射的に両手で顔をかばった。寺川さんの額に、もりもり、癇(かん)すじが浮き上がる。右手が塩を摑んだ。そのとき。

「昨日はほんとうに申し訳ありませんでした！」

美緒が地べたにひれ伏し、よく通る声ではっきりと、言った。寺川さんの動きが止まる。

「寺川さまのご事情も考えず、たいへん浅はかなことをしたと、わたくし、深くふかく反省いたしました。反省をふまえ、昨晩寝ずに、今日のお献立を考えました。今回は、きっときっと気に入っていただけると思います。どうかもういちどだけチャンスをください。それでだめでしたら、矢でも鉄砲でも持ってこいでございます！」

やめて矢とか鉄砲はやめて！　せめて砂糖にして死んじゃうから！　五月はこころのなかで叫ぶ。

寺川さんは、土下座する美緒をじっと見下ろしていた。ややあって、ぷい、背を向けるとひと言「……上がれ」言った。

出来上がった料理が並べられているようだ。五月は恐怖のあまり正視できず、目を瞑っている。

今日も台所には美緒だけが立ち、五月は寺川さんの居間に監禁されていた。時おり耳もとで響く「けけけ」という化鳥のさえずりは、腰の痛みすら忘れさせた。

「さあどうぞ。召し上がってくださいませ」

美緒の緊張した声。五月は覚悟を決めて目を開く。テーブルにはちいさめの皿や鉢がところせましと並んでいる。寺川さんが、もの問いたげに美緒を見る。美緒はひとつおおきく息を吸ってから、

「寺川さまはご高齢ですので、量を召し上がることはご無理かと思いました。それになにより、わたくしは寺川さまの好みを存じません。なので、いろんなお料理をすこしずつ作って召し上がっていただき、気に入ったものや美味しいと思われたものを教えていただければ、と。そうすれば明日からのお献立に活かすこともできますし。そのように考えて今夜は臨みました。さ、さ、どうぞ。お口に合わないかもしれませんが、どうぞ冷めないうちに」そう言って美緒は、深ぶかとお辞儀をした。

寺川さんがゆっくり箸に手を伸ばす。寺川さんの一挙手一挙手から、五月は目を離せないでいる。

車に乗り込むや、はぁあ、美緒はおおきなため息をついた。助手席の五月もつられ

て息を吐く。

「……行きますか」五月がぼんやり言うと、美緒は頷き車をスタートさせた。

平日の夜だが、走っている車は少ない。雨が降ったのか、路面が黒く濡れている。

フロントガラスの向こうを見やりながら五月が言う。

「……塩、撒かれなくてよかったですね今日は」

「ほんとうに」

「矢も鉄砲もよかった、出てこなくて……」

美緒が頷いた。そして唐突に、

「……寺川さまに、お水、出せたでしょうか」聞く。

「はあ?」

「あ、いえその、ご満足いただけたかしらと思って」

「あー……」五月は、鼻のよこを指で掻いた。

「……だいじょうぶでしょ。だってほぼ完食してたじゃないすか」

「そうですよね。そう、ですよね……」

ことばを交わさないままの時間が過ぎる。ぽつり。ぽつ。ふたたび雨が降り出したようだ。ちいさなつぶがガラスに落ちて弾(はじ)ける。

「……嬉しいもの、ですね」美緒が、言った。五月は、運転する美緒のよこ顔を見つ

める。まっすぐまえを見ながら、

「ひとに喜んでもらえるのって。ほんのささいなことですけども、誰かのお役に立つことって、ほんとうに」そこで美緒はことばを切り、指でそっと目がしらを押さえて、笑んだ。「……嬉しい」

街灯の灯りに照らされて、美緒の白い頬が、ぽう、夜闇に浮かんでいるように見える。それは五月が初めて見る、美緒の笑顔だった。もしかして。

「ひょっとして美緒さん、すんごい緊張してました？　いままでずっと」

「はい。なにぶん働くのは初めてなもので。じぶんにできるだろうかとか、失敗したらどうしようとか、考え出したら止まらなくて。でもけっきょく考えても失敗するときはしてしまうんですね。ほんとうに申し訳ありませんでした」

そうか。そうだったのか。五月は思う。つんと澄まして見えたのは、お高くとまってたからじゃなくて、ましてやおれを馬鹿にしていたわけじゃなくて。

「がんばりましょう、明日も」気づいたら五月はそう、言っていた。美緒が、しっかりと頷き、

「はい。がんばります」笑みを、顔じゅうに、広げた。

昼間よりさらに髪は乱れ、化粧などすべて剝げ落ちているが、それでも五月は思う。いい笑顔じゃないか、と。久しぶりに見たよ、こんな素直に笑うひと、と。

「で。手のひとつも握ったか。それともヤっちまえたか」

翌々日の午後。電話でざっとこれまでの経緯を説明し終えたとたん、利加子にこう言われた。五月は、軽く腰を叩きながら、

「いえまだなにも」正直にこたえる。

「なにやってんのよ！　早くしろってせっつかれてるんだからね、こっちは！」利加子が喚く。スマホの音量を最小にして、

「わかってます、わかってますって」言うと、

「三百五十七万八千飛んで四円！　いい？　忘れないでよ、三百五十七万八千飛んで」

「お邪魔いたします」ノックの音とともに、美緒があらわれた。五月は急いで「はい、もちろんでございます。それではごきげんよう」、スマホを切る。

「すみません。お取り込み中に」恐縮する美緒に、

「いえいえ。今日は早いんですね美緒さん」笑顔を向ける。美緒は元気よく頷くと、

「美味しそうなキンキが買えたので、はやく寺川さまに召し上がっていただきたくて」

「ほおキンキ。いいですなあキンキ」

つぶやきながら五月はじりじり、間合いを詰める。

確かに利加子の言う通り、だいぶ時間を空費してしまった。いきなり寝技には持ち込

めなくとも、せめてチューのひとつくらいそろそろかまさねばならぬ。美緒には可哀想だが、でもおれだってそうとう可哀想な境遇だし、ふたり揃って可哀想よりは、せめてひとりだけでもしあわせになったほうが。五月が頭のなかで無駄に葛藤していると、

「あ！　たいへん！　テレビつけてもいいですか⁉」

美緒が五月を押しのけ、テーブルに置かれたリモコンを掴んだ。電源ボタンを押す。切り立った崖地と海をバックに、ロケットが一台、発射台に据えられている映像が映った。日本語と英語で解説らしきものが流れる。

「なんですか、こりゃ」画面に見入る美緒に、五月が尋ねる。

「『はやぶさ2』です」

「『はやぶさ2』？」

美緒はおおきく頷くと、画面から目を離さないまま興奮した口調で、言う。

「今日これから打ち上げなんです。ほら、カウントダウンが！」

言われて五月も映像に集中する。一分まえから始まったカウントダウンは、順調に数を減らしつづけ、ついに十秒を切った。美緒が祈るように両手を組む。五秒まえ。ロケットの下部から白煙が上がり始める。赤い光が、ちらり、見えたかと思うと、それは瞬く間に巨大な焰となり、ロケットを包んだ。

「ゼロ！」

美緒の声と同時にロケットが打ち上がる。大量の煙を吐き出しながら、重力に逆らい、青空を切り裂くように上ってゆく。すぐにカメラが切り替わり、ロケットの全体を見渡せる引きのアングルになった。薄い雲を次つぎくぐり抜け、空へ空へ——やがてロケットは、ほうき星のような尾だけを残し、視界から消えた。ほう。美緒がちからを抜いた。どうやら打ち上げは無事に終わったらしい。

「知らなかった。『はやぶさ』ってこんなロケット型なんだ」五月が言うと、美緒は笑い声をあげた。

「違いますよ。あのなかに積んであるんです。まえの『はやぶさ』と同じように、金色でマッチ箱みたいなかたち」

「へぇ。詳しいんだね美緒さん」素直に感心すると、急に恥ずかしそうに、

「わたしもつい先日知ったんですけど」つぶやく。

番組はまだつづいている。どうやら順調に飛行しているらしい。

「……最初に寺川さまのお宅に伺った日のこと、覚えてますか」

美緒が、テレビに顔を向けたまま聞く。

「もちろん。塩を撒かれた日でしょ」

「……あの夜、わたしすごい落ち込んでて。なんてじぶんはだめな人間だろうと」

美緒のことばに五月は頷く。うんうん、おれもそう思ったよ。

「そんなとき偶然、初代『はやぶさ』のドキュメンタリー番組を見て。わたし、すごい感動しちゃったんです。たったひとりで宇宙を六十億キロも飛んで。小惑星のサンプルを持ち帰って、最後、オーストラリアの上空で燃え尽きて」

「あー、一時期、話題になりましたね。見た記憶あります、おれも」

「すごいな、よくがんばったな、よくあんな困難なミッションをやり遂げたなって。もう奇跡としか思えません」美緒のおおげさなことばに、五月は思わず苦笑する。

「とはいえ機械でしょ、しょせんは」

「でも見ているうちに、機械を超えた機械というか、まるでヒトのように思えてくるんです。如月さんも見ればわかります！」めずらしくむきになり、言い返してきた。

五月はなだめるように両手を上げ、

「で、それを見て、元気づけられた、と」

「……単純ですよね。やっぱり。……でも」美緒は、まっすぐな視線を五月に向ける。

「ちから、もらえたのはほんとうです。もういちど挑戦してみようって思えたのは、『はやぶさ』のおかげなんです。そういうのって幼稚でしょうか。世間知らずの戯言でしょうか、やっぱり」

美緒の真摯でひたむきな視線が、五月のこころに突き刺さる。受け止めきれず、わざとぶっきらぼうにこたえる。

「いーんじゃないすかべつに。はやぶさで立ち直ろうが、うぐいすで元気になろうが、ひとそれぞれでしょうよ」

五月のことばに、美緒は安心したように、笑った。

誠也が事務所にやってきたのは、同じ日の、日付が変わろうかという遅い時間であった。

ソファに座るなり誠也は「どうでしょうか。その後、進み具合は」、前置きもなにもなく直截（ちょくせつ）に尋ねる。

「肉体的にはおおきな進展はありません。ですが心理的な距離は縮まっていると思います」五月もありのままを述べた。

「心理的な距離、ねぇ……」誠也の口もとに皮肉な笑みが浮かぶ。「ご存じだとは思いますが、プラトニック・ラブでは離婚に持ち込めません。なにがなんでも具体的な証拠が必要なんです。肉体的な、ね」ブランドロゴの入った縁なし眼鏡に手をあてた。

うう。なんてイヤナヤロウなんだ。部屋から叩き出したいのをなんとか堪え、五月は営業用のスマイルを浮かべる。

「もちろんですとも。ご期待ください。必ずや奥さまと肉体的に結ばれてみせます」

せいいっぱい皮肉な口調で返したが、

「頼みますよ。なるたけ早く」あっさり流された。

別れぎわ、誠也はドアのまえで立ち止まり、ゆっくりと振り向いた。顔には、洗い流したように表情がなかった。

「……いろいろ、ありますから。ほかにも方法が」低いひくい声で告げる。

「はぁ？」なんのことやらさっぱりわからず、五月は間の抜けた顔で問い返す。そんな五月の顔を、さも小馬鹿にしたように見据え、

「……別れさせ屋がだめでもね。まだまだカードが残されてるってことです、私には。だから……早く『結果』を出してくださいよ。それがあなたのためでも、そして美緒のためでも、ある」

五月がようやく我に返ったとき、誠也のすがたはすでになく、ざらり、冷たい感触の闇だけが、蹲(うずくま)るように残っていた。

「如月さん……如月さん」二度呼びかけて、ようやく五月が顔を上げた。美緒は、助手席の五月をちらちら見ながら尋ねる。

「腰、痛みます？　顔色があまりよくないですよ」

「あ、いえ、だいじょぶ、だいじょうぶです」

「あの、無理なさらなくても。今夜もわたしひとりで」

「いやいやいや。今日は支払い、ありますし」

「あ、そうですよね。失礼いたしました」

美緒と五月、寺川さんの家に向かっている。今日が約束の十日目で、だから今日が最後の日であった。

それにしても。美緒は思う。ここ数日の如月さん、なんかちょっと変だ。ぼうっと考えごとをしていたり、かと思うとそわそわ落ち着きなく歩き回ったり。じっとわたしの顔を見つめていることも何回かあった。長い付き合いではないから気のせいかもしれないけれど——でもやっぱり、変。

黙り込んだままのふたりを乗せたおんぼろハイエースは、やがて寺川さんの自宅まえに到着する。

最後の晩餐は、ていねいに裏ごししたかぼちゃのポタージュに、豚ヒレ肉のマーマレード煮、それから具だくさんの茶碗蒸しと、いんげんの胡麻和えという献立だった。並んだ惣菜をいつものように睥睨していた寺川さんが、やおら立ち上がり、台所に向かった。なにか不手際があったかな。美緒と五月が緊張しながら待っていると、藍の小鉢を捧げ持った寺川さんが居間に戻ってきた。ごとり。小鉢を置く。なかにはぬか漬けらしき野菜が入っていた。艶やかな色をしたなすにきゅうり、白いのはかぶか、大根かもしれない。

「食え」寺川さんが言う。美緒と五月は恐るおそる箸を伸ばした。

「美味しい！」口に入れたとたん、美緒が叫んだ。五月も目を瞠る。こりっとした食感は残しながらも、野菜はほどよくしんなりとして、ぬかのよい香りが鼻に抜けていく。

「うまいか」

寺川さんが美緒に聞いた。美緒はなんども頷きながら、

「こんなに美味しいぬか漬け食べたのは生まれて初めてです。寺川さまがお作りになったんですか」

「そうだ」

頷き、寺川さんも箸を取る。あとはいっさい口をきくことなく、食事を進めた。

すべての仕事を片付け、玄関に立ったのは八時過ぎだった。寺川さんが差し出した封筒を五月は「ははッ」、押し戴き、すばやく中身を検め始める。

ご挨拶しなくては。今日で最後なんだから。美緒がことばを探していると、「やる」、寺川さんが、足もとに置かれた、直径三十センチ・深さ二十センチほどの古びた甕を指さした。「開けてみろ」

ふたを取る。ぷん、ぬか床独特のにおいが立ち上る。

「寺川さま、これ」

「祖母（ばあ）ちゃんから受け継いだ。お前にやる」

「いただけません、そんなたいせつなもの」

「そうですよ、だいたい寺川さんには娘さんが」

「あれは、漬けものは嫌いだ。お前に、やりたいんだ」強い視線を美緒にあて、「お前に、やりたいんだ」。繰り返した。

美緒はちらりと五月を見る。五月が無言で頷く。美緒は甕を抱え上げ、言った。

「……ありがとうございます。大事に育てます、寺川さま」

「『さん』で、いい」

「は？」美緒が首を傾げる。寺川さんは、美緒の目の奥を覗き込みながら、

「……友だちに『さま』は、つけない。だろ？」

「……はい」美緒が笑う。寺川さんが、満足そうに、頷いた。

事務所に向かって車を走らせる。ずっと黙っていた五月が、

「……ひとつさぁ、いまだにわかんないことがあってさぁ」

「はい」

「……なーんで寺川さん、おれが行くとよこに座らせてたのかなあ……」

窓の外を眺めながらつぶやいた。美緒はまえを向いたまま、

「……淋しかったんだと、思います」

こたえる。五月が、もの問いたげな視線を投げてくる。

「わたしひとりのときは、寺川さま、いえ寺川さん、台所にいらしてました。とくになにか話をするわけではないんですけれども。ただ椅子に座って、じっとわたしをご覧になってました。やっぱりひとりは……淋しい。さびしい、ですもんね」

「……そっか」

そう言ってふたたび五月は窓の外を見る。美緒は思いきって、先ほどから考えていたことを口にした。

「あの如月さん。わたし、また寺川さんのところに行ったらだめでしょうか。お仕事ではなくボランティアで、いえお友だちとして」

五月はこたえない。美緒はなおも言い募る。

「仕事に私情を挟むなんて、甘いと思われるかもしれませんが。如月さんにご迷惑はかけません。それに……」

「……それに？」

「……こんどはわたしの漬けたきゅうりやなす、寺川さんに食べていただきたいんです」

息を詰めて、美緒は五月の返事を待つ。ややあって五月が「……好きにしたらいー

んじゃないすか」と言った。

美緒は、ほう、安堵のため息をつく。と、突然五月が、

「次の信号を左折してください」

「え？」

「環八に入ったら南下して。小田急線を越えたあたりでまた説明します」

「あのどこへ。事務所に帰るのでは」うろたえる美緒にかまわず五月は、

「最後の仕事に行きましょう」告げる。

渋谷のはずれ、円山町のほど近くに五月は車を停めさせた。戸惑う美緒を運転席から降ろし、やわらかい手のひらを、ぎゅっ、握りしめる。とたんに、美緒のからだぜんたいが強張るのを感じた。

「如月さん、あの」

「……ついてきてください」美緒のことばを遮り、五月はホテル街に足を踏み入れる。

原色のネオンサイン、道に置かれた看板。

平日のせいか、どのホテルも「空」が目立つ。

「どこまで行くんでしょうか」張りつめた声で美緒が聞く。

「もう少し。もうすこしです」

「でもあのわたし帰らないとそろそろ」

五月はこたえない。そしてもう迷わない。

こうするしかないんだ。

こうすることが美緒にとっていちばん安全でそしてしあわせで。

だからおれは決めたんだ。今夜、決着をつけると、決めたんだ。

一軒のホテルのまえで、五月は足を止める。美緒の鼓動がいっきに速まるのが、摑んだ手首から伝わってくる。

「如月さん」言いかけた美緒を、五月は引き寄せ、抱きしめた。

「放してください!」暴れる美緒の耳もとに口を寄せ、

「……ホテルからカップルが出てきます。男の顔を、よく見てください」囁く。

「え?」美緒が問い返すのと、カップルがあらわれるのはほぼ同時だった。街灯に、男の顔がぼんやり浮かび上がる。美緒が、みじかく息を吸った。男が、ちらり、五月と美緒を見る。五月はさらに強いちからで、守るように美緒を抱き寄せた。

「どしたの?」女が聞く。

「いや。なんでも」誠也がこたえ、ふたりは駅に向かって歩き出した。角を曲がり、やがてふたりのすがたは消える。それを見届けて、ようやく五月は美緒のからだを放した。美緒はじっと、ふたりの消えた路地を見つめている。

なんと声をかけよう。五月がことばを探していると、

「……やっぱり、ね……」

美緒がちいさくつぶやいた。五月は耳を疑う。

「やっぱり？」

美緒は、かすかに頷くと、

「……どこか静かなところに行きませんか」言った。

「いつごろから気づいてたんです？」

誠也の来訪した日から順を追って、すべて話し終えた五月が尋ねる。美緒は、

「……はっきり『そうだ』とわかっていたわけじゃないんです。ただ、おかしいな、と。もしかしたら、とは。でも」そこでいったんことばを切り、「……まさかそこまでして、離婚しようとしているとは思いませんでした……」

語尾が、風に、消える。

しばらく車を走らせ、多摩川の土手沿いに、空いているコインパーキングを見つけた。車を停め、立ち並ぶ家いえの明かりをたよりに、薄暗い土手を登る。まだすこし緑の残る枯れ草のうえに、ふたり並んで座った。

かたたん、かたたんかたたん。

遠くの鉄橋を、電車が渡ってゆく。車窓から漏れ出た光の束が、平らかな川面に映りゆく。

「ごめんなさい、嘘です」強い口調で美緒が言い、五月は川面から視線をはずした。

「嘘って」

「……気づいてました。だいぶまえから。でも、わたし、見ないふりをしていたんです。いまのこの生活を失いたくなくて。ぬるま湯のような毎日から抜け出したくなくて」

五月はなにも言わない。

おおきな犬を連れた中年の女性が、早足で土手したの歩道を歩いてゆく。美緒がつづける。

「外の世界を知らなくて、わたし。実家では両親に、結婚してからは夫に守られて生きてきました。たいした学歴もなくて、なんの資格も持ってないわたしみたいな女は、それこそ一生、そうやって暮らすのが相応しいと、いえ、そうするよりほかに手立てはないと思っていました。いえ……それも、嘘、だな」美緒は深く息を吸い、「怖かったんです、わたし、外の世界が。働いたり、知らないひとたちに交ざったりして、傷つくのが怖かった。否定されるのが嫌だった。ちっぽけなじぶんを守ることで、せいいっぱいだったんだと思います」

「……みんな、そんなもんですよ。多かれ少なかれ」五月がつぶやく。

ふたたび光の電車が走る。先ほどとは逆の方向だった。

「でもわたし、今回初めて働いてみて、いえ、働くってほどではないですけれども、それでも他人様とこういう関わりかたをしてみて、すごく、なんていうか……楽しかったです。もちろんつらいこともたくさんありましたけど、でもそれ以上に、ひとに感謝されるってことが、誰かのお役に立つってことが、こんなに……こんなに……」

風が川からふたりに向かって吹きつける。かさかさ。枯れ草のひと叢が、擦れ合い、音を立てた。

「ありがとうございました。ぜんぶ如月さんのおかげです」美緒が、首を垂れた。

「おれはべつになにも」

五月は、足もとの雑草を乱暴に引き抜いた。土の香があたりに漂う。

「……『はやぶさ』の話、まえにしたの、覚えてらっしゃいますか」

美緒が聞く。五月は頷く。美緒は静かな声で、

「『はやぶさ』ってね、地球に背中を押してもらって、小惑星まで飛んでいったんです」

妙なことを言い出した。

「地球に背中を？」

「正式にはスイング・バイって言うらしいんですけど。地球の引力を借りて、それで

もって加速して、遠いとおい小惑星まで……」

「へぇ。それは知らなかった」

五月がこたえると、美緒がゆっくり、ことばを継いだ。

「……わたしをスイング・バイしてくれたのは、如月さん、あなたです。ずっと『その一歩』を踏み出せなかったわたしの背中を押してくれた、それが如月さんだったんです」

「買いかぶりすぎっすよ。おれは金に目が眩んで仕事として引き受けただけだ」

わざとぶっきらぼうに、言う。

川の近くから、じぃいい、虫の鳴く音がする。五月は、もうひと摑み、枯れ草を引き抜いた。

「……これから、どうします?」

「これから?」美緒が五月のことばを繰り返す。五月は頷き、

「余計なお世話かもしれないけど、気をつけたほうがいい。なにせ、別れさせ屋を頼むような男です。次、どんな手を打ってくるか知れたもんじゃない」

「……わかりません。いまは、まだ。いっぺんにいろんなことがありすぎて」美緒の声が薄闇に滲む。

「ですよね……すみません」

「でもね如月さん。ひとつだけ、わかっていることがあります」

美緒が五月の目を見る。五月は美緒の視線を受け止め、まばたきもせず見つめ返す。

「……見ないふりはもうやめます。考えることを怖れません。そこから始めたいと……思います」

美緒が、かすかに、笑んだ。五月は、美緒から目が離せない。

かたたん、かたたんかたたん。

風向きが変わったのだろう、さっきよりも強くおおきく、電車の通ってゆく音が、する。

五月は、請求書の山と格闘していた。もうすぐ年末だ。なんとか算段して、すこしでもこの山を攻略しなくては。スマホが鳴る。仕分けた請求書を崩さないように注意しながらスマホを取り上げた。『利加子さん』。表示された名前に、びくり、身を竦ませる。胸に手をあて、こころを落ち着かせてから通話をタップする。

「離婚するってよ」

「はあ?」てっきり借金の督促と思い込んでいた五月は、利加子のせりふについていけない。「誰がです?」

「北上さんよ。ほらぁーちょっとまえに『別れさせ屋』頼んだ、あの」

どくん。北上、と聞いて五月の心臓が跳ねる。落ち着け、おちつけおれ。

「あーあの。そりゃまたどういう経緯で」平静を装い、尋ねる。利加子は、五月の動揺には気づかぬ様子で、

「どっちかの浮気とか、そーゆーんじゃないみたい。あたしも詳しくは知らないけど、なんか奥さんのほうから言い出したんだって。もう大喜びよ北上氏。『我われの尽力あってこそ』って、あたし、訴えたんだけどさー。『関係ない。びた一文払うつもりはない』だって。ほんとケチよねーあの男」喋りつづける。

そうか。美緒が。考えて、決めて、そして行動したのか、あの美緒が。

五月は懐かしく思い出す。パンクしたアウディを転がす美緒。髪の毛に塩をくっつけたまま出勤してきた美緒。ぬか床を譲り受けたときのあの驚いた顔――

がんばれよ。

五月は、どこか遠い『宇宙』を飛んでいるであろう美緒に、こころのなかで声をかける。

きっとあんたならたどり着ける。めざす星に、いつかきっとたどり着けるよ。

「それで五月くん、今月の支払いのことなんだけど」

利加子の冷静極まりない声が届き、我に返った五月は、あらためて、ぎゅっ、スマホを耳にあてる。

さてと、おれも飛ぶとしますか。おれの『宇宙』を。じぶんの星、めざして。

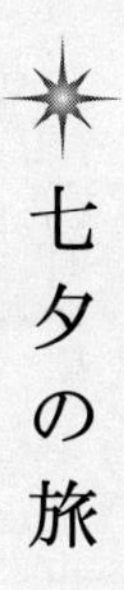

七夕の旅

恭市と結婚するのだと思っていた。

いや「思っていた」のではなく、「あたしは恭市と結婚する」、それは事実であり現実であり、カンペキに決定されたことがらだった。

だった。昨日の二十一時四十三分までは。

「別れよう、おれたち」厚切りハラミを慎重にひっくり返しながら、恭市が言う。

「へ？」あたしは聞き返す。客の話し声や肉の焼ける音にまぎれ、恭市の、いつもより低くちいさな声が聞き取れない。

恵比寿にある高級焼肉店に、ふたりで来ていた。ふだん行くのはやっすいチェーン店ばかりなのだが、この日に限って恭市が「ここにしよう」と言い出したのだった。

「別れよう。友だちに戻ろう。いままでありがとう。ごめん」

ひと息に言って、恭市は網のうえのハラミを見つめる。

「まま、待ってよ！　なんでそんないきなり」身を乗り出すあたしに、

「カルビ」恭市は箸で網のうえを指し、「焦げそうだよ」告げる。あたしはあわてて意識を肉に戻す。ああッたいへん！　一皿三千円の特選カルビから煙が！　銀の長箸を操り、あたしはカルビの救出にかかる。

「ずっと言わなきゃと思ってて。麻衣ちゃんに。でもなかなか言い出せなくて。ごめんね」ハラミを引き上げた恭市は、上タン塩を、べらり、並べ出した。

「だって結婚しようねって、だいたいの日取りも会場も。そうだよ、両家への挨拶だってもう」勢い込んで言うと、

「わかってる。申し訳ないと思ってる」素直に頭を下げた。

「じゃあなんで！　あ、もしかしてほかに好きなひとが」

「いない。そんなんじゃない」

「だったらなんで」

「タン塩」ふたたび恭市が網を指す。「やばい。そろそろ」

焼きすぎたタン塩ほどこの世で悲しいものはない。あたしはオセロのようにタン塩を次つぎ裏返してゆく。

「というわけで会うのは今日で最後にしよう」空いているスペースに、恭市は今度は上ミノやコブクロといったホルモン系を並べ出す。

「やだ、そんなの！　別れない！　別れたくないよ、あたし！」ちょうどいいぐあいに焼き色がついたタン塩を、すばやく皿に取る。

「無理。別れよう」「やだ！」「別れようって」「別れない！」押し問答がつづいた。なおも言い募ろうとするあたしを遮るように恭市がひと言、

「……ホルモン、気をつけて」言った。

「なにソレ⁉　そんで麻衣子、別れたの、別れちゃったの恭市くんと⁉」

七海の甲高い声に、店内の客がいっせいに振り向いてこちらを見る。

見たいなら見やがれコノヤロウ。こちとら失恋ほやほやで怖いものなぞなにもないんだバカヤロウ。いまのあたしはヤケクソ人間だ。いや違う。人間になったヤケクソだ。

「うん」

「ちゃんと話さなきゃだめじゃん、肉なんて焼いてないで！」

「そりゃあたしだって食べ放題の肉だったら気にしないよ。放置するよ。でもさ一皿三千円のカルビだよ？　ハラミだよ？　それが目のまえで焦げてたらひっくり返すでしょ、フツー」

七海はおおきなため息をつき、それから、ぐっ、梅酒サワーを干した。グラスのなかで、梅の実が氷とぶつかり合う。

「……別れ話に最適な場所は高級焼肉って学んだよ……」

お通しのたこキムチをつつきながら、あたしはつぶやいた。

ひとりで過ごしたくなくて、そしてどうしても誰かに話を聞いてほしくて、ＬＩＮＥで高校時代からの友人・七海を飲みに誘った。いまはふたり、新宿の居酒屋にいる。

七海はもひとつ巨大なため息をつくと、

「で？　なにが原因だったわけ」聞く。

あたしは壁に貼られた「本日のおすすめ」を睨みながら、

「……高齢者問題」

「はあ？」

「だから高齢者が問題だったの！」またしても客がなん人か、こちらを見た。

「なにそれ、どーゆーこと？」

七海が、ややひそめた声で聞く。あたしは冷酒で喉を潤してから話し出す。

「恭市とうちの両親を会わせたって話はしたよね」

「うん聞いた。一ヵ月くらいまえでしょ」

「うちの両親初めて見て、恭市がちょっとびびったのはわかったんだ、そのとき」

「びびる？　なんで？」

「恭市のご両親、若いからさ。お父さん四十九だしお母さんなんか四十七だし。対してうちは父さん六十九で母さん七十だからねー」

「そりゃ仕方ないよ。だって恭市くん自身が若いんだし。二十八だっけ？」

「二十六。あたしの六つした」六つした。あたしはこころのなかでそのことばを転がす。恭市と付き合い出したときから馴染んでいることばなのに、今日はやけに重く冷たくて、まるで錘でも呑み込んでしまったみたいに、あたしは、感じる。

「んで？」七海が促す。

「でもまあそこまでは想定内だったと思うんだ、恭市にしても。まえから話してあったしね。ところがさぁ……」あたしは言い淀む。七海が辛抱強く待ってくれている。

あたしはひとつおおきく息を吸って、

「……お祖父ちゃんが、出てきちゃってさ」ことばを押し出した。

「お祖父ちゃん？　あれ、いたっけ麻衣子ん家に」七海の問いに、

「今年のお正月から同居してんの。お祖母ちゃん死んじゃってから、福島の奥のほうでひとり暮らししてたんだけどさ、ボケがひどくなってきちゃって。そんで長男であるうちの父が引き取ることになったの」こたえる。

「そうなんだー。で？」

あたしは目を閉じる。二度と思い出したくない、あのときの光景。でも話さないと七海に伝わらない。覚悟を決めて目を開ける。

「……その日はとくにボケの症状がひどくてね。応接間に入ってくるなり『テツオ！　なんでおめがここに！』って恭市めがけて突進してきて」

「『テツオ』？」

「お祖父ちゃんの昔の友だちみたい。昔の話ばかりするんだ。たったいま起こったことは忘れちゃうくせに」

「あー。よく聞くね、そーいうの」

「で、『返せ！　あんとき貸すた百円返せぇ！』って恭市のスーツの袖、摑んで離さなくて。あたしや両親がいくら人違いだって言っても聞かなくて。恭市、すっかりおびえちゃって」

あたしは思い出す。あのときのお祖父ちゃんの血走り、黄色く濁った眼。たまにお漏らししてしまうせいか、からだからはおしっこのにおいがしたし、恭市を摑んだ指さきはなんだかべたべたしていた。

「なんとか引き離したんだけどさ、もう恭市、まっ青になっちゃって。すぐに『帰る』って言い出して」

「そっかー……」

「だから嫌な予感はしてたんだよね。でもまさかいきなり」そこであたしは言い淀む。「別れる」のひと言が口に出せない。出したくない。出したら完全に「決まり」のような気がして。いやもう「決まり」ではあるのだろうけども。ことばを紡げないあたしの心情を察したのか七海がフォローしてくれる。

「けどさ、同居するわけじゃないじゃん？　だったらそんなに気にしなくてもねぇ」

「って、あたしも言ったんだけど。恭市、すっかりネガティブになっちゃってて。『同居しなくてもいることはいるんだし。てか麻衣ちゃんの両親もかなり高齢だからそのうち介護だのなんだの始まるだろうし』って」

「なにそれ別れ話の理由が介護⁉」信じられない、といった口調で七海が叫ぶ。あたしはテーブルの水滴で「のの字」を描きながら、

「……仕方ないよね。恭市はまだ若いんだし、介護とか老親とか想像もできないだろうし。重荷に感じるのも当然っていうかさ」言う。そう仕方ない。二十六の男子にそこまで背負わせるのは可哀想すぎる。ましてやあたしは六つもうえで。六つも。「のの字」はいつのまにか円に変わっていた。

そんなあたしを七海は無言で見つめていたが、やがて、にゅ、飲み物のメニューを差し出した。

「……飲もうよ」「……ん」「なににする？」「同じでいい」

七海は頷き「すみませーん！」、右手を上げて店員を呼んだ。気づいた若い女性店員が、愛想笑いを浮かべながら近づいてくる。その様子をぼんやり見ながら、あたしはある思いに囚われてゆく。

お祖父ちゃんさえいなかったら。

お祖父ちゃんさえいなかったら、結婚できたのに、恭市と。

その後、あたしはなんとかよりを戻そうと、LINEしたりメールを打ったり思いあまって恭市の部屋まで行ったり、した。けれどあたしがそうやって縋ればすがるほ

ど、恭市はどんどん遠ざかってゆくようだった。

LINEに「既読」がつかなくなる。メールに返信がない。部屋だって引っ越したかもしれない。怖くて確かめてないけど。

両親には「別れた」とだけ伝えた。両親は驚き、理由を聞きたがったが、適当に誤魔化した。いちど喋(しゃべ)り始めたら、ものすごい呪詛(じゅそ)のことばを連ねそうで、じぶんが怖かった。

お祖父ちゃんとはなるたけ顔を合わさないように生活している。

それでも、お風呂で気持ちよさそうに昔の歌謡曲なんぞ歌っているのを聞いたりすると、乱入して風呂桶(ふろおけ)でぶん殴りたくなる。いっそこの家を出ようかとも思ったが、別居したって祖父は祖父だし、親は老いていくのだ。根本的にはなんにも解決しない。

鬱うつとした気持ちのまま二ヵ月が経ち、気づけば季節は秋になっていた。

「事件」は、そんな麗(うら)らかなとある秋の日に、起こった。

その日は連休の中日で、父はゴルフに母は友だちと温泉に出かけて留守だった。

「お祖父ちゃんの世話、お願いね」、母になんども念を押されてたけど、話し相手になってやろうとかご飯を手作りしようとかいう気持ちは当然ながらまったくわかない。スーパーの惣菜(そうざい)で済ませよう。そう思い、昼近くにサンダル履きで家を出た。いちおう声だけかけておくかと玄関を出たところで思い直し「ちょっと買い物、行ってくるね」、部屋でテレビを眺めているお祖父ちゃんの背中に声をかける。返事はない。聞こえないのか、聞こえていても脳みそまで届いていないのか。ま、どっちでも構わないけど、あたしは。

夜のぶんも合わせて惣菜を何パックも買い、あたしが家に戻ったのは、たぶん一時半ごろ。「おかしい」まず思ったのは、玄関の鍵が開いていたからだ。上がり框にレジ袋を置き、三和土に散乱する靴を見渡す。ない。お祖父ちゃんがいつも履くサンダルがない。

「ただいま」と言いながら部屋を覗く。つけっぱなしのテレビはグルメ番組を流しており——お祖父ちゃんは、いなかった。

ようやく見つけたときには四時を回っていた。

商店街だの駅だの公園だの片っ端から探したが、そのどこにもお祖父ちゃんはいなかった。秋とはいえ午後の陽射しはまだまだ強くて、街じゅう駆けずり回ったあたしは汗と埃でどろどろになる。

なんであたしがこんな目に。いっそこのままいなくなってしまえばいい。

かなりまじでそう思ったけれど、さすがにそこまで突き放すこともできない。仕方ない、警察に届けよう。覚悟を決めて家に戻る途中、ふと見上げた、この界隈でタンク山と呼ばれる小山のてっぺんに、痩せた小柄な老人のすがたを見つけた。なんでこんなところに⁉ 驚愕しつつ、坂を登る。

あたしの家は、いわゆる多摩ニュータウンの住宅街のなかにある。きちんと区画整理され、同じような一戸建てがえんえんと立ち並ぶさまは、街、というより、なにかもっと人工的なモノを思い起こさせる。工業団地とか、箱に詰められた四角いケーキたちとかそんな。

タンク山は、その住宅街を見下ろす小高い場所にあって、このニュータウンができたときから鎮座しつづけている。円筒形のタンクのなかになにが入っているのか、この街で生まれて三十二年経ったいまも、あたしは知らない。

「お祖父ちゃん！　探したよ！」

フェンスぎわに座り込み、じっと眼下の住宅街を見下ろしているお祖父ちゃんに声をかける。反応はない。仕方なくあたしはそばまで歩み寄り、耳もとに口をつけて怒鳴った。

「帰ろう！　お祖父ちゃん！」

びくり。お祖父ちゃんが肩を震わせた。首を曲げ、あたしを見る。ふだん表情というもののないお祖父ちゃんの顔が、くしゃりと歪んだ。

「おぉ千代子、迎えに来てくれたんけ、すまねえな」

千代子？　誰だ千代子って。あたしはいっしゅん混乱するが、あ、そっか、死んだお祖母ちゃんの名前だとすぐに気づく。

「千代子じゃないよ、あたしは麻衣子。さ、帰ろ」

あたしのことばをスルーして、お祖父ちゃんが話しつづける。

「今年はまんず豊作だべし。見てみぃ、おらだつの田んぼぉ」

指さきで、住宅街を指し示す。

「田んぼじゃないし。家だって、あれ、みんな」無駄だよなぁと思いつつ反論する。

お祖父ちゃんは、じっとあたしの顔を見た。こんなまぢかでお祖父ちゃんの顔を見たのは初めてかもしれない。太くて垂れた眉毛と、ぶ厚い一重まぶたが父にそっくりだ。どっちもあたしは受け継いでいない。眉毛は薄いし、眼はこれでもかというくらいの二重だ。ちなみに母の眼は、どう見ても一重にしか見えない奥二重。どっから来たんだこの二重、と、ちいさいころから不思議に思っている。

お祖父ちゃんは、ふいっ、あたしから視線をはずすと、小さなちいさな声で、

「……すまねがっだ」

「いいよもうべつに」

「騙しちまってよ」

「そんなおおげさな」

「あんつぁのこど、言わねばいわねばて、ずっと思ってたけんじょ……」項垂れた。おかしい。ようやくあたしは気づく。会話が嚙み合ってない。てか、なんだ？　あんつぁって。

いやいやいや。あたしはわき上がる疑問を押さえ込む。とにかく山を下りねば。秋の日は短い。すぐに足もとが見えなくなってしまう。

「とりあえず帰ろう」お祖父ちゃん、と言いかけて思いつき、「清二さん」と言ってみた。お祖父ちゃんの名前だ。このひと言が、まさかあんな告白を引き出すとは！

お祖父ちゃんは、ぐい、顔を上げると、しっかりとした強い眼であたしを捉え、

「あんつぁは生ぎでる。死んじゃいね。ちゃんと家さ戻ってきた。んだどもおらが追い返しただ。千代子、おめさ渡しだぐねぐで、追い返しただ」ひと息に喋った。

あっけに取られたあたしが無言のまま立ち竦んでいると、

「おめ、気づいてたべ。気づいてたけんじょ、言わねでいてくれたべ。おら、これさ見で確信しただ」言い、ズボンのポケットからなにやら取り出して、あたしに差し出してみせた。恐るおそる受け取る。

それは古びたを通り越し、もはや色も柄も判別不能となったボロ布の袋だった。おおきさはちょうどお守りくらい。袋の口は紐でしっかりと絞ってあり、なかになにかちいさくて硬いモノが入っている。なんだろう、石？　木の実？　もしや骨とか。

受け取ったものの、どうすべきかあたしが迷いにまよっていると、お祖父ちゃんはにっこり微笑み、

「返せてよかっただ。あんつぁとおめのもんだ。おらが持ってちゃなんね。返せて、よかっただ」ひと言ひとこと噛みしめるように言い——それからゆっくりとまえのめりに倒れて、いった。

「お祖父ちゃんにさ、お兄さんているの?」

病室を出るやいなや父に聞くと、父は戸惑った顔で「なんだって?」と聞き返してきた。

「お祖父ちゃんのお兄さん。いるだなんて聞いたことなかったけど、あたし」

父はようやく納得した顔になり、

「いたんだよ。でも戦争に行って、そこで亡くなったらしい」

「そこって?」

「ガダルカナルだったかサイパンだったか。南方だったよ確か。なんでそんなこと聞くんだ突然」反対に問われ、あたしは適当なことを言って誤魔化す。

お祖父ちゃんは、脳梗塞だった。

さいわいすぐに救急車を呼ぶことができたので、処置がすばやくおこなわれ、生命にかかわる事態にはならずに済んだ。ただ歳がトシだし、このまま寝たきりになってしまう可能性もあると医師からは告げられている。

あわてて帰ってきた父と病室で合流し、医師の説明やら入院の手続きやらをばたばたと済ませ、ようやく病院を出たときにはもう十時近かった。

「じゃあお祖父ちゃんのお兄さん、帰ってはこなかったんだね、日本に」

「あたりまえだろう。戦死したひとがどうして帰ってくるんだ」

「そのお兄さんてひと、結婚してた？」あたしはまっすぐ父の顔を見る。父はしばらく考えていたが、

「……どうだろう。わからんなあ。なにせ七十年以上まえのことだからなあ」言った。

そのままその話は終わり、今後の予定の調整だの親戚への連絡だのに話題は流れていった。

あんつぁは生ぎでる。戻ってきた。んだども追い返した。おめさ渡しだぐねぐで。

あの日以来、あたしはあのお祖父ちゃんの「告白」を、何度もなんども頭のなかで再生させている。手のひらのうえには、あの日渡されたちいさな袋。なんども「開けてみようか」と思ったけれども、確かにお祖父ちゃんは「あんつぁとおめのもん」と言った。

「おめ」はもちろんあたしではない。だとしたら。あたしは悩む。だとしたらあたしが開けちゃまずいんじゃね？　それになにかとんでもないモノが入ってたら嫌だし。

　かんじんのお祖父ちゃんは、さらに認知症が進んでしまい、ほとんど喋らなくなってしまった。病室のベッドによこたわり、窓の外をぼうっと見ていることが多い。

　探してみよう。とりあえずそのお兄さんとやらを。あたしがじぶんで。

　お祖父ちゃんが倒れてから二週間が経ったころ、あたしはようやくこころを決めた。

　七十年まえ、お祖父ちゃんが「追い返した」なら、お祖父ちゃんのこと恨んでるかもしれないけど。その孫のあたしも恨まれるかもだけど。でもでもいまのままでは気になって仕方ないし。

　会社が休みでお祖父ちゃんの付き添いもない土曜の午後、あたしはどきどきしながらＰＣのまえに座る。

　お兄さんの名前は「紘一（こういち）」。これは叔母のひとりが知っていた。もし名字を変えていないなら、あたしと同じ「滝坂（たきさか）」姓のはずだから、フルネームは「滝坂紘一」となる。ＰＣを立ち上げ、グーグルにその名前を打ち込む。ずらり。ウェブページが並んだ。いっしゅん心臓が跳ねたが、どうやら同姓同名のひとらしい。いちばんウェブページが多いのが北海道で市議会議員をやっている「滝坂紘一」センセイで、あとはバンドでベースを弾いてる「滝坂紘一」さんと司法書士の「滝坂紘一」氏、それに生後半年という可愛い「滝坂紘一」くんもいた。

さすがにネットでは引っかからないか。画面をスクロールしながら思う。お祖父ちゃんより年上だから、生きてたとしても九十は超えてるはず。その年齢だと、よほどのことがない限り、ネットに情報はないだろう。

ネットで探せないとなると。あたしはPCをまえに考え込む。あとはお祖父ちゃんの本籍地の役所に行って、戸籍謄本だかなんだかを取ってくる？　いやけどそりゃ難儀だわ。お祖父ちゃんの家は、猪苗代湖よりさらに西、会津盆地の真っただ中にある。日帰りは無理かも。一泊はしないと。じゃ週末に行く？　いやでも土日、役所は休みだろうし、かといって平日休みを取るのは仕事的にいま難しいし。

悩みつつPCを閉じようとしたあたしの眼に、ふと画面よこの派手なバナーが飛び込んでくる。

『人探しなら信頼と実績のオカモト探偵事務所』。なるほど、その手があったか！

銀行の預金残高を思い出しつつ、あたしはそのバナーをクリックする。

なんども読み返し、よれよれになった「報告書」を握りしめて、あたしは地下鉄の階段を上る。

さすがプロ、『オカモト探偵事務所』はたった一週間で「滝坂紘一」の居所を探し出してきた。「報告書」によれば滝坂紘一（九十三歳）は存命で、豊島区で自動車修理工場を経営していたらしい。いた、と過去形なのは、現在は紘一の長男が工場を引き継いでいるからだ。

その「滝坂モータース」は東京メトロ有楽町線の千川と西武池袋線の椎名町のちょうど中間くらいにあった。東京の西のはずれで育ったあたしには、どちらも縁のない土地だ。とりあえず千川で降りて歩くことにする。

大通りを渡り、住宅街に入ると、新しいのから古いのまで、一戸建てから貧乏学生が住むような下宿ふうアパートまで、じつにさまざまな家が並んでいた。住宅街のよこではぎっちり軒をくっつけた商店が、元気に営業している。あたしは乾物屋だの八百屋だのの店さきを興味津々、覗きながら歩いた。住宅地区と商業地区がきっちり分けられているニュータウンではお目にかからない風景だった。

十分ほど歩いたろうか。スマホのナビが「ここだぞよ」と示す場所にたどり着く。それは、道路に面した一、二階をぶち抜いて自動車修理工場にした、古めかしいビルだった。「滝坂モータース」。白地に黒のゴシック体で書かれた看板を発見し、ついに来た来てしまった、あたしはにわかに緊張する。アポは取っていない。いきなり訪ねたほうが警戒されなくてよいのではと思ったのである。

あたしは恐るおそる工場を覗き込む。なかは薄暗い。油なのか塗料なのか、尖ったにおいがする。中央に乗用車が一台、道路におしりを向けて停めてある。

「あの、すみません」

思いきって声をかけたが、返事はない。あたしは声量をやや上げて再度「あの、すみません」、呼びかけた。

「はい」低い男の声。つづいて乗用車の撥ね上げたボンネットの裏がわから、しみだらけのツナギを着た若い男性があらわれた。見たところ二十代なかばだろうか。痩せて背が高く、面長な顔立ちをしている。

あたしは強張った笑みを浮かべ、

「すみません。こちらに滝坂紘一さんはいらっしゃいますでしょうか」尋ねる。男性は、目を、すぃ、細めた。その目を見たあたしが「あ」と思うのと、男性が怪訝そうに問い返すのはほぼ同時だった。

「どういったご用件でしょうか」

「あの、あ、あたし紘一さんの弟の孫で。滝坂麻衣子って言います」

「弟の孫ぉ？」語尾が上がる。「なんかの間違いでは。祖父にきょうだいはいません」

ああやっぱり。止める間もなく、あたしの口は勝手に動き出す。

「いるんです、それが。清二っていう弟が。もしかしたら家族にも秘密にしてたかもしれませんが。七十年まえに、たぶん福島で生き別れて。で、あたし、その清二の息子の実の娘で。だからあなたとはいとこ、違うか、えーと、またいとこ？　にあたりまして」喋るあたしを胡散臭げに見ていた「またいとこ」は、やがて、

「いきなりそんなこと言われても。祖父は『天涯孤独だ』って言ってましたし。信じられませんね。お引き取りください」これ以上は無理、というくらいの素っ気なさで言い捨てた。

「それがいるんです、家族が。しかも同じ東京に」あたしは必死で言い募る。「またいとこ」は、まぶたの厚い一重の目をさらに細め、「証拠は？」

「はあ？」

「証拠。戸籍とかそういうの」言われ、あたしはあたふたと免許証を取り出して、

「ほら。ちゃんと書いてあるでしょ『滝坂麻衣子』って」渡した。

受け取った「またいとこ」は、ふン、小馬鹿にしたように鼻を鳴らし、「名字が同じってだけじゃないすか。こんなのなんの証拠にもならない」突っ返して寄越す。そのつれない態度に思わずくじけそうになるが、ここであきらめたら『オカモト探偵事務所』に支払った調査費五万五千円（税込み）が無駄になってしまう。

「とにかく！　お祖父さんかご両親に会わせてください！　お願いします！」

「両親は留守だし、祖父はいま昼寝してます」

「じゃあ起こして伝えてください。『清二の孫が来た』って」

「お引き取りください」にべもなく立ち去ろうとするのを、「嫌です！　お祖父さんに会うまでは帰りません！」なかまで追いかけた。

「忙しいんですから、こっちは！」

「だから取り次ぐだけでいいって言ってるでしょ⁉」

「しつこいな、あんた！　いったいなんの目的があって」

「……千代子？」

工場の奥、いちばん暗いところから、掠れた、けれどもちから強い声があがる。あたしも「またいとこ」も口を噤み、暗がりを見つめる。

背すじをぴんと伸ばした老人が、ゆっくりとこちらに向かって歩いてくる。一メートルほど離れたところで立ち止まり、老人は、あたしの顔をじっと見た。そして、ひと言、

「……目もとがそっくりだなし」言った。


「そうしてこれが渡された袋、です」

あたしは例のぼろぼろの小袋を、ローテーブルのうえに、ことり、置いた。

滝坂家（なんか変な感じ）は、工場と同じビルの三、四階部分を自宅にしており、紘一さんに誘われて自室にお邪魔したあたしは、「またいとこ」＝理生と紘一さんに、お祖父ちゃんとタンク山で交わした会話と、その後の一部始終を話した。

紘一さんは、口を挟むことなく黙ったまま聞き終え——いま、やはり無言で小袋を見つめている。よこに座った理生がたまりかねたように、

「じいちゃん、いまの話、ホントなの?」急いて、聞く。紘一さんは、小袋から目を離さずに頷いた。

「え、じゃ、じいちゃん、最初はその千代子ってひとと結婚してたの?」

「ああ」

「清二さんは弟で、だからこのひとはホントにおれのまたいとこで」嫌そうにあたしを見る。負けずに睨み返してやった。ばちり。ふたりのあいだで火花が散る。

「ああ」紘一さんがこたえる。理生は、もうひと睨みあたしにくれてから紘一さんに向き直り、

「で、この袋はいったい」尋ねる。

あ、それ、あたしもすごい聞きたい。意識を生意気なまたいとこから紘一さんに戻す。だが、紘一さんはこの質問にはこたえず、

「……そうか。亡くなりましたか、千代子は……」ぽつり、つぶやいた。

「はい。二年まえに、がんで」

「最期は、どんな」

「家族みんなに囲まれて。……おだやかな、いい顔をしていました」あたしがこたえ

ると、紘一さんはゆっくりと頷いた。そのまま眼を瞑る。こころもち顎を上げ、なにごとか考えているようである。やがて眼を開けると、

「……清二に、会えますかね」静かに、問うた。

お祖父ちゃんのいる四人部屋は、入院棟の三階端っこにある。

ゆっくり歩を運ぶ紘一さんに合わせ、あたしも理生もごくゆっくりと、歩く。点滴スタンドを杖代わりにしたおじいさんや、車椅子のおばあさんとすれ違う。みな、あたしたちには無関心だ。ソトよりもじぶんのナカを見ることにいまや忙しい。そんな感じ。

病室に着く。入り口右うえに取りつけられた入院患者の「表札」、そのなかにある「滝坂清二」という名を、紘一さんは一文字ひともじ、確かめるように、追った。

「……いいでしょうか」

なにに対して？　じぶんでもよくわからないまま、あたしは問う。紘一さんが頷いた。あたしは引き戸に手をかけ、左にスライドさせた。理生の喉が、ごくり、鳴るのが聞こえる。

お祖父ちゃんのベッドは、入ってすぐ左。上半身が持ち上がるように角度をつけたベッドに、いまお祖父ちゃんは、はんぶん眠ったような顔でよこたわっている。からだから生えたようなチューブやコードが数本、機械や点滴バッグに繋がっていた。

「お祖父ちゃん。お兄さん、来てくれたよ。紘一さん」呼びかけたが、反応はない。

あたしはもういちどこんどは耳もとで、

「お祖父ちゃん！　お兄さん！　あんつぁが」

「……清二ぃ。おめ、しばらぐだな」

紘一さんが、零（こぼ）れた水を紙で吸い取るように、言った。

なかば閉じられていたお祖父ちゃんの眼がゆっくりと開いてゆく。頬に赤みが差す。

緩んでいた口もとが引きしまる。お祖父ちゃんが、首をこちらに傾け、そして、

「……あんつぁ……？」ことばを、発した。

紘一さんが頷く。それからお祖父ちゃんに向けて、じぶんの右手を差し出した。握りしめた拳を開く。なかからあの小袋があらわれた。

「……これさわざわ届けてくっちぇ、あんがでぇなっし」

お祖父ちゃんは、ちいさな子どものように目を見開き、

「会えだが。千代子さ会えだべか、あんつぁ」

「いんや、まぁだだ。だげんじょも……」

紘一さんはことばを切り、小袋を、次にお祖父ちゃんを見て、

「……会えるべさ。もぅちっとしたらさ」笑んだ。お祖父ちゃんが、

「……んだ。んだな」つぶやく。そのままふたり、じっとお互いの眼を見ている。

あたしも理生も、なにも言えない。言うべきことばが見つからない。

から、からららら。ストレッチャーだろうか、外の廊下を車輪の回る音が過ぎてゆく。紘一さんが、お祖父ちゃんから視線をはずして、

「……すまねぇが、おれと清二、ふたりだけにしてくんねが」と言う。あたしたちは頷く。角度もスピードもまるで打ち合わせたようにぴたり同じで、それはなんだかくすぐったいような腹立たしいような、奇妙なこころもちが、した。

二週間後。

なんとか捻くり出した有休と一泊ぶんの荷物を詰めたバッグを手に、あたしは豊島区の滝坂家のまえに立っている。

今日はどうやら工場はお休みらしい。下りたシャッターに「休業のお知らせ」と書かれた紙が貼ってある。

自宅のチャイムを押そうとすると、背後で、ププ、短くクラクションが鳴った。振り向く。赤いセレナが一台。運転席に理生が、そして後部座席に紘一さんが座っている。

「遅いすよ」

助手席に乗り込むやいなや仏頂面の理生に言われる。あたしは理生を完璧無視し、「どうぞよろしくお願いします」、紘一さんに微笑みかけた。

「会津に、帰ってみてえなあ」

あの日、病院からの帰り道、紘一さんのぽつり漏らしたひと言が、今回の旅のきっかけだった。

お祖父ちゃんの生家は、まだ会津に建っている。もう一年近く誰も住んでいないけれど、父にそれとなく聞いてみたところ、とくに壊れたりもしていないようだ。理生を通して紘一さんにそう伝えると、すぐに「行ってみたい。ぜひ同行してほしい」と連絡があった。

他人（ではないけれどあたしにとってはほぼ他人）の、しかも男性（といってもひとりは九十三だけど）と、泊まりがけの旅に出るのは、かなり抵抗があったけれど、なんといってもじぶんの蒔いた種だ。いまさら知らんぷりもできない。

両親、とくに父に紘一さんのことを伝えようか、さんざん迷ったけれども、けっきょく今回の旅のあとにしようと決めた。両親に知らせたらきっとほかの親戚連中も騒ぎ出す。おおごとになるまえに、この旅は済ませておくべきだ。そんな気がしたのだ。

課長に泣きを入れ、両親には「七海と温泉に行く」と大嘘こいて、今日という日を迎えた。

同じ泣き入れでも大嘘でも。あたしはこころのなかで嘆く。ああ、これが恭市とのプチ温泉旅行のためであったならどんなにかシアワセだったろう！　隣に座る目つきの悪いまたいとこをちら見して、あたしはため息をついた。

「なんすか」すぐさま見咎めた理生が険のある声を出す。

「いや、セレナに乗ってるなんて意外だなと思って。仕事柄、なんかもっとスポーツカーみたいなのかと思ってたからさ」誤魔化すと、理生は、

「九十過ぎたじいちゃんを、車高の低い車になんか乗せられないでしょ」

憐れむように、言う。怒りの焔が燃え上がりそうになるのを、

「しっかりしてますね理生さんは。まだお若いのに」

なんとか抑え込み、嫌味めかして返す。

「若くもないすよ。もう二十六すから」

二十六。恭市と同い年だ。恭市と。夏からのあれやこれやがどっとあたしに襲いかかり、思わず涙ぐみそうになる。忘れよう。忘れなくては。あたしはなるべく明るく、

「そうなんだー。お父さんはおいくつ？」聞いた。理生はすこし考えてから、

「……五十六、だったよなじいちゃん？」

「そうだな。おれが三十七のときの子だからなぁ」紘一さんがこたえた。

「当時にしては遅い」お生まれですねと言いかけて、あわててことばを呑み込んだ。

それって、もしかしたらお祖父ちゃんのせいかも。けれど紘一さんは、

「会津から東京に出てね。いろいろ仕事変えたあげく自動車修理工になってね。独立して仕事が軌道に乗ってから結婚したもんだから、遅くなったんだよ」

淡々と話してくれた。理生も表情を変えることなく聞いている。

「……すみません」思わず謝る。後部座席の紘一さんが右の眉を上げ、

「気にしてませんよ。なにせもう七十年まえのことだし。それに麻衣子さんにはなんの責任もない」言ってくれた。理生がかすかに頷く。そのことばにあたしは勇気を得て、

「あの。もしよかったらお聞きしてもいいですか、東京に出てからのこと」

聞いてみる。

「構いませんよ」

「あの、ご結婚されたのは」

「三十七。子どもができてから籍、入れたからねぇ」

「お相手は」

「知り合いの紹介で知り合ってなあ。まあ見合いみたいなもんだなあ」

「お亡くなりになったのはいつ」

「そうだなあ……もう十年になるか、なあ理生」

紘一さんの問いに、理生が無言で頷く。

あたしはすこしほっとする。会津の家を出たあと、紘一さんにも添い遂げる相手が

あらわれたことに。もちろん紘一さんが心底しあわせだったのかどうかまではわからないけれども。ずっとお祖母ちゃんを想いつづけていたのかもだけど。お祖母ちゃん。

そこであたしは、ずっと気になっていたことを思い出す。

「そういえば、あの、例の小袋の中身って」

「あ、そう、それそれ！　おれもずっと気になってた」理生も勢い込んで聞く。

紘一さんはこたえない。あたしはそっと、バックミラー越しに様子を窺う。紘一さんは腕を組み、窓の外を流れる風景を見ていた。そのよこ顔はおだやかで、なんの感情も読み取れない。やがて紘一さんが、

「……こんど、な」ぽつり、つぶやいた。

「こんどっていつだよ、じいちゃん」

理生が重ねて問うたけれど、紘一さんはもうそれ以上そのことについて話してはくれなかった。

こまめに休憩を取りながら東北自動車道を進む。ＳＡやＰＡに着くたび理生は手を貸して紘一さんを車から降ろしてやり、しっかり支えながらトイレや休憩所に連れていった。そのすがたはとても自然で無駄がなく、紘一さんも安心しきって理生にからだを任せているのがよくわかった。

旅館に着いたときはすっかり暗くなっていた。チェックインし、それぞれの部屋に引き取る。あたしは荷物を放り出すと、うーん、おおきく伸びをした。夕食までまだ一時間。温泉につかる余裕はありそうだ。

浴衣(ゆかた)に着替え、お風呂セットを持っていそいそと部屋を出る。温泉は最上階にあり、前面がガラス張りの大浴場に、会津若松の市街が見下ろせる露天風呂がついていた。からだを洗い、内湯で温まってから露天にゆく。外に出たしゅんかん十一月の寒風が吹きつけてきて、あたしはあわてて湯船に飛び込んだ。肩まで透明な湯につかりながら、会津若松の街の灯(あか)りを眺める。めざす場所はそのさらに向こう、会津若松を挟んでちょうど真向かいにある。

お祖父ちゃんの家に、お祖母ちゃんのお葬式を除けばあたしは二回、それもごく幼いころにしか行ったことがない。大学から東京に出た父は、あまり帰省したがらなかった。農家を継がされるのが嫌だったのかもしれない。

そんなことを考えながら風呂に入り、いい気分で浴場を出た。と、紘一さんに手を貸しながら歩いてゆく理生のすがたが目に入った。階段のわきに作られたスロープをゆっくり下っている。スリッパがずれ、紘一さんがよろめいた。あたしは駆け寄り、反対側から支えた。理生が驚いたようにあたしを見、

「入ってたんだ」言う。

「うん。いいお湯でしたね紘一さん」話しかけると、紘一さんは嬉しそうに頷いて、「段差も少ないし、湯船には手すりもついとるし、爺さんにはありがたいよ」

こたえた。

え、そっか、そうだったっけ。そんなこと気にもしていなかった。

「だからここにしたの？」理生に聞くと、こくり、頷いて、

「バリアフリーの宿かどうか、ネットで調べられるから。ここは食事処も椅子だし、布団じゃなくベッドだからじいちゃんよこになりやすい」淡々とこたえた。

そうか。だからここなのか。

さいしょ「温泉旅館に泊まる」と理生から告げられたとき、ビジネスホテルでいいのにーと、あたしは思ったのだ。安いし、駅にも近いし。でも理生にはちゃんと理由があったのだ。紘一さんが無理なく過ごせる場所。紘一さんに喜んでもらえる、場所。

紘一さんを挟んで向こうに見える理生のよこ顔を、そっと窺う。上気した頰に、濡れてちりちりの髪。無防備なその顔に、いつもよりじゃっかん、親近感がわいた。

三人で夕食を済ませ、それぞれの部屋に引き上げた。

また温泉に入ったり、ぼんやりテレビを眺めたりして時間をつぶしたが、どうにも眠気が訪れない。もっかい温泉に入るかなと立ち上がったとき、そうだ、確かロビー

のよこに会津の銘酒をずらり並べた「地酒バー」があったと重要なことを思い出す。はるばる会津まで来たのだ。ここで地酒を飲まんでどうする。

へっへっへっ。あたしは半纏に袖を通しながらほくそ笑む。

バーには先客がいた。理生だった。

「紘一さんは？」隣のスツールに、よいせ、腰かけて聞く。

「眠った。疲れてるんだと思う」

理生は、青い切子のグラスに入ったお酒を、くい、喉を反らせて飲んだ。

「なに飲んでんの」

「飛露喜」

「ひろき？」

「なかなか飲めない幻の酒なんだってさ」

「へぇ。じゃあたしもそれにしよ。すいませーん」

運ばれてきた飛露喜は、気を遣ってくれたのか、理生とお揃いの赤の切子に入っていた。なんとなく杯を合わせ、お酒を口に含む。どっしりとした、頑丈な味だ。頑固で意地っ張りな会津らしいお酒。頑固で意地っ張り、でも根は素直で優しい。それが会津人だと聞いたことがある。なんかそれって理生みたいだ。そう思ったら、自然にことばがまろび出た。

「えらいね理生さん」

「はい？」

「や、紘一さんの面倒、よく見てるなあって思ってさ」

理生は、グラスのお酒をゆっくり回しながら、

「おれ、じいちゃんに育てられたようなもんだから」つぶやく。

「そうなの？」

「うち自営業だろ。親父もお袋も忙しくてさ。子育てどころじゃなかったわけ。ばあちゃん、からだの弱いひとだったから、じいちゃんがおれ担当、みたいな。保育園の送り迎えも、ご飯作ってくれんのも、寝るとき絵本、読んでくれんのも」

「へえー」

「生まれたときからずっと一緒だから。そこにいるのがあたりまえだから。あたりまえのことをしてるだけ、おれは」

あたりまえ、かぁ。あたしは考える。あたしにとってのお祖父ちゃんは？　あたりまえの存在ではない。それは確かだ。それどころか邪魔だと迷惑だと、いや、いなくなればよいとさえ、思っていた。ずぅうん。じぶんの身勝手さに、いまさらながら落ち込む。

「……やっぱえらいよ、理生さん。あたしなんてなにもしてあげてないもの。お祖父ちゃんに」低い声で言う。そんなあたしをちらりと見て、

「……んなことないじゃん。こうやって七十年ぶりに兄弟が再会できたのは、麻衣子さんのおかげでしょ」

「あたしは……好奇心で動いてるだけだよ。お祖父ちゃんのためとか、考えたことないし」

「そのほうが普通じゃね？」

「は？」

あたしは思わずからだごと理生に向き直った。理生は、グラスの肌を撫でながら、

「誰かのためにやってるとかってなんか嘘くせぇし。そんなんそもそもつづかないと思うし」言った。あたしは黙ったままじぶんのグラスを見つめる。ややあって理生が、

「……少なくともおれは感謝してますよ。こんなに生き生きしてるじいちゃん見んのは久しぶり……ありがとうございましたァ」

照れ臭いのか、最後は乱暴に言い放った。

おおきな声がして、浴衣すがたの男性が数人、バーに入ってきた。すでにだいぶ酔っているらしく、棚に並ぶ一升瓶を指さしては、あれがどうの、これはどうの、声高に喋り合っている。彼らのほうに注意を向けていた理生が、あたしに視線を戻した。

とたんにぎょっとしたように、

「どど、どうしたんすか⁉」聞く。

あたしの頬には涙がひとすじ、流れていた。泣くつもりなんかないのに。ましてや理生のまえでなんか。あたしは手のひらで涙を拭う。理生が狼狽えたように、

「だ……だいじょぶ?」聞く。あたしは「だいじょぶ」、頷くと、ぐっ、グラスをひと息に干し、

「お代わりッ!」バーテンダーに向かって叫んだ。理生がさらに狼狽えた声で、

「あ、あんま飲みすぎんなよ。明日があるんだからさ。な、な、な⁉」と言った。

翌日は澄みきった青空の広がる、暖かい日だった。

チェックアウトを済ませ、セレナに乗り込む。理生がナビに住所を打ち込んだ。

「では行きますか」

理生が誰に言うでもなくつぶやく。紘一さんとあたしは無言で頷いた。

会津若松市内をしばらく走る。紘一さんの「次の角を右に」だの「あの家のまえはゆっくりと」だのといったオーダーを、理生は忠実にこなした。さすが自動車のプロ、ハンドルさばきは滑らかで的確だ。

「じいちゃん懐かしい？」まえを見ながら理生が聞く。
「んだな。空襲さ遭ってねがっだおかげだなし」紘一さんがしみじみと言った。
できればゆっくり回ってあげたかったけれど、今日じゅうには東京に戻らないとい
けない。お昼を和食専門のファミレスで済ませたあとは、まっすぐ生家に向かった。
市内を抜けしばらく走ると、前方に白と緑で塗り分けられた列車が一台、とことこ
走っているのが見えた。二両編成の、どうやら単線らしい。いもむしみたいでちょっ
と可愛い。
「あれ」あたしが指さすのと、「ああ」、紘一さんが声をあげるのは同時だった。
「どうしたじいちゃん」
「……会津線だぁ」紘一さんが、押し出すように、言う。「……会津線だなし」
会津線？　そんなのあったっけ。ガイドブックを確認していると、
「いまは只見線。じいちゃんのいたころは会津線て呼ばれてた」よこで理生が淡々と
告げる。紘一さんは、窓に張りつき、食い入るように電車を見ている。理生が、
「……乗ってみるか、じいちゃん」意外なことを言い出す。
「え⁉」「乗れんのが⁉」あたしと紘一さんの声が重なった。
ナビを睨みながら理生が、
「このまま電車を追い抜かして、会津本郷の駅でふたりを降ろす。そこからこの電車

に乗ればいい。おれは車で根岸駅にさき回りして待ってる。会津本郷から根岸までふた駅しか乗れないけど、それでもいいか、じいちゃん」

「構わね」紘一さんの返事に迷いはない。理生は頷くとアクセルを踏み込んだ。

只見線の車内は、都内の電車に慣れたあたしの眼に、なんだかとても懐かしいものに映った。

白い輪っかのつり革。中吊り広告はほとんどない。角ばったあずき色のシートは、お尻と背中のあたるぶんだけが擦りきれ、褪せている。よこに並んで座るシートのほかに、ボックス席もあった。

座りやすいだろうとよこ並びシートに向かおうとすると、「こっちがいい」と紘一さんはボックス席を選んだ。

肘掛けにぶつからないよう、注意してからだを支えながら、紘一さんを座らせる。礼を言って腰かけた紘一さんは、窓ぎわににじり寄った。その対面に座る。

窓から見えるのは、ただいちめんに広がる田んぼだ。線路はほぼまっすぐ、田んぼと田んぼのあいだを突っきるように走っているらしい。いま、稲穂は刈り取られ、黒ぐろとした土のうえには、規則正しく茶色い根もとだけが並んでいる。田んぼの尽きるさきには、わりとなだらかな山やま。縁のようにぐるり田んぼを取り囲んでいるさまは、まさにお盆＝盆地そのものだ。

「……だいぶ変わりました？」

まばたきひとつしない紘一さんに、そっと声をかける。ずいぶん間を空けてから、ひと言、

「……いや」つぶやいた。眼は、ひたすら流れゆく風景を追っている。

あたしに見えるのはなんの変哲もない田園の風景だけれど。あたしは思う。紘一さんの見ているものは、まったく違うものなんだろうな、きっと。

がだたんがだたん、がだただだん。

車内にあたしたちのほか乗客はおらず、電車の走る音だけが妙にくっきりと、強く、響く。

根岸の駅で電車を降り、待っていた理生と合流した。

只見線と離れ、山に近づくように道路を走る。やがて車は細い川沿いに立つ集落のひとつに近づく。集落といっても家は四、五軒ほどしかなく、その家いえは、風よけだろうか、背の高い木々にこんもりと覆われている。うち、一軒の古びた農家のまえで、理生は車を停めた。

「ここ、みたいだけど。合ってます？」問われ、あたしは頷く。

「ここ。この家。間違いありません」

　ばたん。紘一さんがドアを開け、車から外に出た。とたんによろめく。あたしはあわてて助手席を飛び出し、紘一さんを両腕で支えた。けれど紘一さんはそんなあたしに気づく様子もなく、

「……帰ってきただ……帰ってきただよぉ……」口のなかで唱えながら、門を抜け、広い前庭をよこぎってゆく。すぐに理生が追いつき、反対側から紘一さんを支えた。あたしはそっと紘一さんから離れ、お祖父ちゃんの部屋から探し出した鍵で玄関の引き戸を開ける。さいわい電気はまだ通っている。あたしは玄関よこの明かりのスイッチを押した。薄暗い家のなかで、奥まで延びる廊下だけがほんのり浮かび上がる。

「どうぞ。よかった、もっと荒れてるかと思ったけど、そんなでもないみたい」

　ほっとした思いでうしろにつづくふたりに声をかけた。三和土に、紘一さんが足を踏み入れる。もどかしそうに靴を脱ぎ捨てた。用意してきたスリッパを急いで揃えようとすると、「いらね。このままでいい」、そう言って靴下のまま廊下を進んでいく。

　紘一さんのあとを追いながら理生が、

「けっこう変わってんのかな。家んなか」小声で聞く。あたしもちいさな声で、

「なんどかリフォームはしたみたい。でも居間とか台所の位置とかは変えてないって言ってた」こたえる。

紘一さんは、向かって右のふすまを開け、一歩、また一歩、しっかりした足取りでなかに入っていった。そこはなんの変哲もない和室だった。広さは十五畳ほど。おおきな穴のあいた障子。天井から下がる電気コード。日に焼けた畳は、家具のあとだけが妙に青黒い。

部屋の中央まで来ると、紘一さんは足を止め、ぐるり、周囲を見渡した。

「ここは?」理生が問う。

「えーと、確か客間だったと」

「……ここだぁ」震える声で、紘一さんが言う。

「なに? なにがここなの、じいちゃん」理生のことばにかぶせるように、

「おれと千代子が祝言さ上げたのは、この部屋だぁ……」言い、ゆっくりとしゃがみ込んだ。そして両の手のひらで畳を撫でさすりながら、

「……たでぇま。たでぇま帰ったぞォ、千代子ォ……」

優しく柔らかい、それは声だった。乾き、ひび割れた大地に降りそそぐ雨のような、それは声、だった。

ぽたり。紘一さんの頰を伝った涙が、畳にまるい染みを作る。ぽた、ぽたり。

涙の染みは増えつづける。あたしと理生はただ静かに、紘一さんの背中を見つめている。

＊

昭和二十一年　夏

＊＊＊

会津若松から乗った会津線の列車を根岸駅で降りる。

車内も出征したときのまんまだったが、降りたった根岸の駅もまた、四年まえとなんら変わりがないように見えた。

ホームから、ぐるり、四周を見渡す。どこまでもどこまでも、緑濃い稲の葉繁る、豊かな田んぼがつづいている。

もうだいぶ西に傾いたというのに、真夏の日差しはまだまだ暑い。むぅとした湿気をはらんだこの暑さが、ああ、会津だ、会津盆地の暑さだ、帰ってきたんだようやく、おれの胸を衝く。

おれは穴だらけの背嚢を揺すり上げ、誰もいない改札を出た。

集落と集落を繋ぐ道を、家に向かって歩く。どうやら大規模な空襲は免れたらしい、どの家いえも記憶にあるすがたと変わらない。おれは、ほう、安堵の吐息をつく。だいじょうぶらしいと聞いてはいたが、じぶんの眼で確かめるまで、やっぱり不安だった。

一軒の家の玄関わきに、おおきな笹竹が飾ってあるのが見えた。新聞紙を切り裂いて作った輪飾りや和紙の短冊が、細い枝のあちこちに下がっている。

そうか。今夜は七夕か。

おれは立ち止まり、笹竹を見上げる。すっかり失くしていた「四季の感覚」が、すこしだけ甦ってきた。

きっとわが家でも千代子と妹たちが笹を飾り、あれやこれや、願いごとを書き記した短冊を作っていることだろう。

おれは天を振り仰ぐ。空は晴れわたり、山やまの端に薄い雲がかかっているだけだ。これなら織姫と彦星も逢えるかもしれないな。年にいちどの再会。再会。

脳裏に、千代子の柔らかな笑顔が浮かび上がる。何百ぺん、いや何千べんだろう、思い返したあの笑顔を。おれは、首から下げた小袋を、ぎゅっ、服のうえから握りしめる。そして歩き出す。さっきよりも早く強い足取りで。

わが家に着く。

道からつづく広い庭を突っきる。思った通り賑やかな笹竹が、門口に立ててあった。ひとつ深呼吸して、引き戸を、がらり、開ける。同時に、

「ただいま戻りました」なかに向かって声をかけた。ひとの動く気配がして、ほの暗い薄闇のなかから、細身だが引きしまったからだつきの若い男があらわれた。

「どちらさまで？」声を聞くまで、それが弟の清二だと気づかなかった。おれのなかで清二はいまでも十四歳の少年のままだ。

「ただいま、清二。おれだ、紘一だよ」すぐにでも上がり込みたい気持ちをぐっと堪え、こたえる。清二が、ひっ、短く息を吸った。そして、

「……あんつぁ？　あんつぁ、なんか？」

硬い、礫のような声が飛んできた。おれは面食らう。なんだ、どうした？　兄が復員してきたんだぞ？

「ああ、おらだ。ようやくここさ帰ってこれただ。千代子はどうした？　おっ父の具合は」

わざと明るい声で言い、上り框に背嚢を下ろそうとするおれを清二は押しとどめ、

「と、とにかく外で話すべ、外で」

あわてたように草履を突っかけた。おれは嫌な予感に囚われる。

「千代子さなんかあったべか、それともおっ父に」

清二に背中を押されながら、聞く。清二は無言のまま母屋から離れ、牛小屋の陰までおれを連れ出した。そこまで来てようやく、

「……おっ父に変わりはねぇ。妹だつも元気だ。千代子はいまちぃとよこになっとる」

こたえた。姉さ、ではなく千代子と呼び捨てにしたのも気にはなったが、それより千代子のからだのほうが心配で、

「なじょした、千代子、病気にでも」詰め寄ると、清二は首をよこに振り、

「病気でねえ」

「病気でもねえのになして」

「……千代子さ、いま身籠(みごも)っとる。もうすぐややこ、なすだ」

地面を見つめながら言った。

「ややこ？　なして？　おれがいねのに」混乱した頭で問い返すと、

「……あんつぁ。なして、なしていまごろ帰ってきただ」

思ってもみないことばが返ってきた。

「なしてって、ようやく船さ乗れて。収容所からようやく」

「……あんつぁは死んだて言われただ。出征してすぐガダルカナルで戦死したと、手紙が来ただ」硬い声のまま、清二がひと息に喋った。

「はあ？　おめ、なに言ってるだ。おら死んじゃいね。げんにいまここさ」

「手紙さ来たんだ！　あんつぁは名誉の死を遂げたて！　お役所から！　立派な封筒さ入って！」清二が叫んだ。両の拳を握りしめ、おれを睨みつけるように見上げてい

る。こんな眼の清二を見るのは初めてだ。おれは思わず黙り込む。

牛小屋から牛の、草を食む音が響いてくる。飛んできた蠅を、おれはなかば無意識につぶす。

「……待っただよ、それでも。おらも千代子も」

沈黙を破ったのは清二だった。絞り出すようにして清二は、

「……『なんかの間違ぇだ。きっと帰ってきなさる』て、千代子さ言いつづけで。戦、終わるまで、三年待っただ。けんどそれが……限界だなし。んだがら、おらが……いんや、おらと千代子が……」

「……夫婦さ、なっだんか……」おれのことばに、こくり、清二は頷いた。

心臓のよこが抉られたように痛んだ。皮肉なことにあの小袋のあるあたりだ。

「……初めてのややこだ。待ちに待っだ子だ。んだがらあんつぁ」

清二は、地面に正座した。両手をつき、深ぶかと首を垂れ、

「……お願ぇだ。このまま行ってくなんしょ。顔、見せねでくなんしょ。どうかこのまま……このまま……」

そうしてそのまま固まってしまったようにぴくりとも動かない。

そしておれも動けない。ただ黙って足もとに這いつくばる清二を見下ろした。

痩せて骨の突き出た肩。むき出しの腕は日焼けして土と同じくらい黒い。節くれだ

ち荒れて傷だらけの、手。おれのいない四年間、きっと清二は病気の父と千代子、それに幼い妹たちを養うため、必死に働いてきたのだろう。おれは戦場にいたが、清二だって戦いつづけてきたのだ、ただひたすら、毎日を。

おれは視線を母屋に投げた。

懐かしいわが家。なんど夢に見たことか。もう帰れないと覚悟したときもあった。そのわが家が、いま、目のまえに在る。数歩踏み出せば、たどり着けるところに在る。けれども。おれは思う。あの家は、もう「おれの家」ではないのだ。清二の家。清二と千代子と、そして生まれくる子どものための家なのだ。そこに、おれの居場所はあるのか？

おれの居場所はあるのか？

どれくらいの時間が経ったろうか。ふいに母屋から、

「おめさまー。なじょしただ、おめさまぁ」千代子の声がした。

びくり。清二のからだが震える。おれの顔を見ないまま立ち上がり、「……すまねぇ。さえなら。あんつぁ」つぶやいて、清二はゆっくり母屋へと、歩いていった。

陽は完全に沈んでいる。だが夏の宵はまだじゅうぶん明るい。

おれは強張り、思うように動かぬ足を、無理やりまえへと進める。一歩、二歩、三歩。門口にたどり着く。おれは笹竹を見上げる。妹たちが書いたのだろう、「お父さ

んのこしが良くなりますよう」「ややこがぶじに生まれますよう」、拙い字の短冊が風に揺れている。

ふと思いつき、おれは懐から小袋を取り出した。四年まえ、おれの出てゆく朝に「無事に帰ってきてくなんしょ」、千代子がそっと渡してくれた小袋だ。地獄だったあの島でも長くてつらい収容所の日々も、おれはこの小袋をかたときも手放したことがない。口を絞る紐を緩める。なかから、もはやなに色だったのかわからないほど汚れてしまったちいさな人形を摘み上げる。

起き上がり小法師。赤い着物を着た起き上がり小法師。

会津では毎年一月十日の市で、「家内安全」「無病息災」を願い、家族の人数にひとつ足した数の小法師を買う。ひとつ多く買うのは「家族が増えますように」という祈りから。ちいさいころばあちゃんに、そう教わった。結婚して初めての十日市を迎えた千代子が嬉しそうに買っていた、これはそのうちのひとつだ。

小法師を袋にしまうと、おれはその袋をそっと笹のひと枝に吊るした。

来た道を戻る。会津線はまだ走っているだろうか。見晴かす視線のさきに宵の空が広がっていた。ますます澄んで冴え渡り、明るい星がちらちら瞬き始めている。彦星と織姫は、きっと今夜、逢うことができるだろう。おれはぼんやりそんなことを思う。

＊＊＊

紘一さんが語り終えたとき、座敷はなかば夕闇に沈んでいた。眼を凝らさないと互いの顔も見えない。古畳から這い上がってくるような冷気のなか、誰もなにも言わない。

下校途中なのだろうか、子どもたちの笑い合う声が聞こえる。ぴぃい。誰かがふざけたのだろう、調子っぱずれのリコーダーの音が届いた。それをきっかけに、ようやく理生が口を開く。

「……じいちゃん。……おれ、不思議なんだけど」

紘一さんが、わずかに顔を上げた気配がした。

「……なんで清二さんがあの袋、持ってたの？　笹に下がってんの気づいたの？　でも清二さんは知らなかったんだよね、千代子さんがじいちゃんにあれ渡したのは」

紘一さんが、わずかに身じろぎした。掠れた声でこたえる。

「……千代子が死んだあとにな」

「……うん」

「……遺品を整理してたら出てきたと、清二は言っとったよ」

「でもそれがどうしてじいちゃんのものだと」

「……一緒の箱に入ってたんだと。おれが戦地から送った手紙だの写真だのと、同じ箱に入ってたんだとさ。そんで……思い出したそうだ。おれと千代子が十日市で、起き上がり小法師を買ったことを」

「そっか」、つづけてもういちど、「……そっかぁ」理生が、つぶやいた。

あたしはふかく息を吸う。木の紙の煤の汗の、そして時のにおいのする、空気。この家に生きたひとびとの、空気。

「……きっとお祖母ちゃん、見つけたんですね。七十年まえのあの夜、笹竹に下がってるこの袋を。そして気づいたんだ。紘一さんは生きてるってことに。生きて、じぶんのもとに帰ってきてくれたってことに。でも」

「でも？」理生が繰り返す。

「なにも言わずに……添い遂げた。お祖父ちゃんと。……子どもがいたから？　家を守らなくちゃならないから？　世間体があったから？　でもそれでよかったのかなしあわせだったのかな後悔しなかったのかな、お祖母ちゃんは……」そして紘一さんもお祖父ちゃんも。あたしはこころのなかでつけ足す。

闇はますます濃い。もはや互いの輪郭しかわからない。

「……おれは、千代子も清二も大事だった」

まるで目のまえに本人たちがいるかのように、紘一さんは語る。

「んで清二もきっと、千代子とおれを大切に思っていでくれで……きっと千代子も

「……同じ思いさ持っていだんでねが……」

祖父と祖母、そして大伯父。

あたしのなかで、いままでそれら「記号」でしかなかったひとびとが、ようやく、ほんとうにようやく、ひとりの、血の通った人間として立ち上がってくる。笑いさざめく日もあれば、諍い、傷つけ合う日もあったことだろう。泣き、喜び、怒り、寿ぎ——それらすべてが絡み合い響き合って、生きた、生きてきた、長いながい日々を。

人生という、終わりの見えない旅を。

がだんがだん、がだだだだん。

静まり返った部屋に、風に乗り、只見線の走ってゆく音が響く。

「……あれさ乗ってここさ出てったんだなあ」紘一さんがつぶやいた。「んであれさ乗って戻ってきて……あれさ乗って、また、出ていったんだなあ……」

音が遠ざかる。かすかに余韻を残し、音はやがて、消える。

「また乗りましょうよ」

気づくとあたしはそう言っていた。理生が弾かれたようにあたしを見る。

「こんどはお祖父ちゃんも理生さんも一緒に、みんなで只見線に乗りましょう。みんなで、一緒に……」

紘一さんがゆっくりと振り向いた。闇のなかでも温かいまなざしを、あたしは感じる。

「……んだなし」

そう言って紘一さんは、しっかりと頷いた。

お祖父ちゃんの腕を、あたしはいまマッサージしている。南に窓のある病室は、秋の陽でほかほかと暖かい。

「お祖父ちゃん。もすこし腕、伸ばして」おおきな声ではっきりと話しかける。

「んあ？」

「う、で。もうすこし、伸ばして」

お祖父ちゃんは素直に頷き、曲がっていた腕にちからを入れた。痩せて筋張った手。弛（たる）んだ皮にしみが浮き、指さきは荒れてがさがさしている。

この両手で。ほのかにシナモンの香るアロマオイルを擦り込みながら、あたしは思う。田んぼを耕し、牛や鶏を育て、日々の糧（かて）を手に入れてきたんだなあ。七十年。いやきっと、もっともっと長い時間を。

「いいにおいだなし」お祖父ちゃんが、気持ちよさそうに眼を細めて、言う。

「気にいった？」

「高ぇクッキーみたいなにおいだなし」

その言いかたが可笑（おか）しくて、あたしは声をあげて笑う。

「お邪魔します。てか、もう入ってるけど」

目深にニットキャップをかぶった理生がベッドの足もとに立っていた。

「あ。いらっしゃい」

「ども。清二さん、こんにちは」キャップを脱いだ理生が会釈すると、

「よぉぐ来だなっし」お祖父ちゃんの顔に笑みが広がった。

お祖父ちゃんは、理生が紘一さんの孫だということを理解してはいない。ことばの端々から察するに、どうもあたしのカレシだと誤解しているフシがある。

「リハビリ？」椅子に腰かけながら理生が尋ねる。

「約束したからね、紘一さんに。みんなで只見線に乗るって」

マッサージする指にちからを込める。

「えらいじゃん麻衣子さん」

「はい？」

「や、清二さんの面倒、よく見てるなって思ってさ」

この会話が、このあいだ会津の地酒バーで交わしたもののパロディ？　だと気づき、あたしは軽く理生を睨む。理生は相も変わらぬ仏頂面だ。けれど眼が笑っている。あたしはわざとさらに強く睨む。理生は照れたように視線を逸らした。

「そうだ。これ」

理生がちいさな紙袋を差し出した。受け取り、なかを覗く。あの小袋が入っていた。

「え、なに、なんでこれ」

「持っててほしいんだとさ、麻衣子さんに、それ」

「なんで？　え、なんであたし？」

「怒られるからって」

「は？」

間の抜けた声で聞き返すと、理生は、膝に置いたニットキャップをいじりながら、

「これ持ったままあっち逝っちゃうと、死んだばあちゃんに怒られるから、だってさ」

早口で言った。

「でも……いいのかなあ、こんな大事なもの、あたしなんかが持ってて」

それでも不安で、もなもな言っていると、

「いーんじゃないの。てか、麻衣子さんが持ってんのが自然でしあわせなんじゃないの、誰にとっても、いちばん」理生が言いきった。

思わず正面から理生の顔を見る。やわらかな午後のひかりが、その眼のなかで躍っている。こんどは、理生は視線を逸らさなかった。まっすぐにあたしを見つめ返す。ぶ厚い一重まぶたの、眼。お祖父ちゃんや父にそっくりだとしか思っていなかったその眼が、なんだか急にまったく違うものに見えてきて、とん、あたしの心臓が、跳ねる。

あたしが黙っていると、理生は視線をお祖父ちゃんに移し、おだやかな声でなにやら話しかけた。お祖父ちゃんが嬉しそうに頷いている。

紘一さんもお祖父ちゃんもお祖母ちゃんも。会話するふたりを見ながら思う。みんな、せいいっぱい生きた。限りあるいのちだからこそ、その一瞬いっしゅんを誠実に、大切に。そしてその「生」があるからこそ、いまのあたしの「生」も、在る。

次はおめさまの番さ。お祖母ちゃんの声が聞こえる気がする。おめさまがしっかり歩く番さ、麻衣子。

お祖父ちゃんが軽く咳き込む。理生が、慣れた様子でお祖父ちゃんの背を優しく撫でた。その手にあたしの眼は引き寄せられてゆく。

機械いじりで荒れるのか、けっして綺麗とはいえない手だけれど。いや、どっちかというと不格好でぶさいく極まりない手だけれど。なのになんで。なんでこんなにも優しく温かく見えるんだろう。頼もしく見えるんだろう。

「喉さ渇いただなし。水さ飲ましてくなんしょ」

お祖父ちゃんが、のんびりと言った。

「うん」

「はい」

あたしと理生は同時に立ち上がり、そして、同時に、笑った。

✴星を拾う

飼い猫のハコがいなくなった。

ハコは五年前、友だちから譲り受けた雌の三毛猫で、すんなり長い尻尾にスレンダーなからだ、金茶に輝く目が綺麗な猫だ。あたしはひと目見たときからハコの虜になってしまい、まさに猫かわいがりをして育ててきた。そのせいかもともとの性格か、ハコは気がちいさくて人見知りで、この五年間家のなかから出たことはない。父や母にも懐かないほどの小心者だった。

そのハコが、あたしが仕事に行くときうっかり開けたままだった窓から抜け出していなくなってしまったのだ。三日まえのことだった。

あたしは天地がひっくり返らんばかりに驚き、心配し、探して回った。いまは十二月の初旬、夜ともなれば外は零度近くまで冷え込む。お嬢さま育ちのハコが耐えられるのだろうか。そもそも「ハコ」という名前も「箱入り娘のハコ」という意味なのに。

ハコを探すため、深夜、仕事から帰ると、じぶんで作ったチラシを近所の電柱に張って回った。チラシにはハコの写真、特徴、見つけてくれたかたには薄謝を進呈する旨と、あたしの携帯番号、それに念のため住所も入れた。チラシを張るだけでなく、

「ハコ、ハコ」

大声で呼びながら、公園の木陰や路地裏のごみ箱を覗いて歩いた。けれどもハコのすがたはない。保健所にも毎日問い合わせているが、ハコに似た猫が保護されている

という情報はなかった。気落ちしたまま家に帰る日がつづく。

今夜も全速力で仕事を終わらせ、自宅近くの駅の周りを回っている。仕事柄、どうしても時間ができるのは深夜になってしまう。

あたしの仕事はフリーランスのライターだ。大学を卒業したあと五年間編集プロダクションに勤め、仕事のイロハを覚えてから独立した。独立して三年になるけれども、さいわい大手出版社の女性誌いくつかから定期的に仕事をもらうことができ、安定した職業生活をつづけている。

とはいえ忙しさは並大抵ではない。どこの出版社も下請けへのギャラをぎりぎりまで絞り、なおかつライターの数も減らして「いかに効率よく雑誌を作るか」に専心している。だから同じライターに複数の案件を投げて、抱き合わせでいくら、といった発注の仕方をしていた。出版社の社員編集は働き方改革でみな早上がりをしているけれども、下請けのあたしたちにはそんな「贅沢(ぜいたく)」は許されない。ぎりぎりまで仕事をし、それでも終わらないぶんは家に持ち帰る。そんな生活がフリーになって以来つづいている。

「ハコ、ハコー！」

あたしは深夜の街を、声をあげながら歩く。どこへ行っちゃったの、ハコ。お外は寒いでしょう、食べるものだってないはずだよ。早く帰ってきて。

もしや猫捕りに捕まってしまったとか。そんな考えが浮かび、ぞっと背すじが凍りつく。檻に入れられ、悲しげに鳴くハコのすがたが脳裏に鮮明に浮かぶ。

どうしよう、やっぱり猫探しのプロにお願いしたほうがいいだろうか。今日と明日、探してみてそれでもだめだったら頼んでみよう。猫探しのプロってこのあたりにいるのかな。費用はいくらくらいかかるのだろうか。

スマホで検索しながら歩いていたら、男性におもいきりぶつかってしまった。

「ご、ごめんなさい」

謝りながら男性を見上げる。こちらに背を向けていた男性がゆっくりと振り向いた。

「いえ、だいじょうぶですよ」

のんびりとした口調で返してくる。四十代のなかばくらいだろうか。薄いからだにひょろ長い手足、顔も瓜みたいにひょろりと長い。眉毛も目も鼻も、だれんとだらしなく垂れている。薄いくちびるに締まりがなかった。

このひと、どこかで見たことがある。

頭を下げ、離れつつ思う。どこだっけ。わりと毎日見ている顔だ。駅員さん？　違うな。宅配便のひと？　それも違う。

ちらりとうしろを振り返る。男性は、さっきと同じ場所、同じ姿勢で空を見上げている。なにかあるんだろうか。あたしも見上げてみるけれど、街中の明るい夜空にいくつか星が見えるだけだった。

なにをやっているんだろう、いったい。

終電近い時間、家路を急ぐひとびとのなかにあって、その男性の佇んでいる場所だけに、ぽっかり違う時間が流れているように見えた。

「ただいま。ハコ、いる?」

一縷の望みを持って、声をかけながら玄関のドアを開ける。

だが、いつもなら壁にからだを擦りつけながら迎えに出てくるハコはやっぱりいなかった。あたしはがらんとした家でため息を漏らす。

4LDK、一戸建てのこの家に、あたしは両親と暮らしている。だがいま、両親はいない。父の退職祝いにと夫婦して念願の短期語学留学に出てしまっているからだ。三ヵ月間、ロンドンで生きた英語を学ぶという旅に出て早や二ヵ月。いまごろは学生気分に戻って留学生活を楽しんでいるに違いない。

一日じゅう誰もいなかった家は冷えきり、まるで冷蔵庫のなかにいるようだ。ハコがいつ帰ってきてもいいように、リビングの窓は十センチほど開けてある。防犯上よろしくないのはわかっているけれど、寒さ厳しい師走に外でハコを凍えさせたくはなかった。

一階はそのままにして、あたしは二階のじぶんの部屋に上がる。仕事はまだまだ残っている。ただでさえ毎月追われているのに、十二月は年末進行、いつもより十日間近く校了が早い。もう何週間もまとまった休みなど取れていない。それでも時間が足りない。とにかく少しでも詰めて進めてハコを探す時間を作らなくては。

あたしはエアコンのスイッチを入れ、ノートパソコンをバッグから取り出して、焦る気持ちのままデスクのうえに置いた。

翌日は一日家で作業をした。あたしがいま請け負っているのは『リッツェ』という三十代向け女性誌の「冬のスキンケア特集」だ。

「冬の柔やわお肌はこうして守る！」という特集を書いているあたしの顔は、ストレスと乾燥でひび割れ、あちこちに吹き出物ができている。ライターなんて得てしてそんなものだ。

あたしは壁の時計を見る。午後八時。早く、はやく終わらせてハコを探しに行かなきゃ。

気持ちは焦るのだが、不安のあまり集中できない。気づくと資料を眺め、ぼーっとしてしまう。

と、デスクに置いてあるスマホが鳴った。ディスプレイを見る。『宮園さん』の四文字。気持ちがさらに落ちる。

宮園さんはメイクページ担当の女性副編集長だ。年齢は五十代後半、あと数年で退職といったところか。気が強く、ついでにあたりも強い。思ったことはなんでもばさ口にする、あたしの苦手なタイプだった。

だが出ないわけにもいかない。あたしは沈鬱な気持ちのまま通話をタップする。

「ちょっと石川さん、原稿、どうなってんの」

まえ置きもなにもなく宮園さんが捲し立てる。

「いま、いまちょうど書いてるところです」

「わかってんの、入稿日は明々後日なのよ」

「すみません。明日には送りますから」

「昨日もそう言ってたわよね？　ねえ？」

こめかみのあたりが痛み出す。早く上げろというならば、小言はさっさと終わらせて仕事に戻させてほしい。そうは思うけれども宮園さんは、いわばあたしのお得意さまだ。怒らせて今後仕事がもらえなくなったら困るのはあたしのほうだ。痛むこめかみを揉みながら、電話口からきんきん響いてくる声に、はいはいと低姿勢で相づちを打つ。

小言が五分を経過したあたりだろうか、玄関のチャイムが鳴った。これさいわいと、「すみません、誰か来たみたいなので、これで」と伝え、なんとか電話を切る。のろのろと立ち上がり、階下に降りる。なにか届いたのだろうか、それとも。チャイムのモニタを見る。三毛猫を抱いた中年の男性が立っていた。

「ハコ！」

夢中でドアを開ける。ハコがあたしの顔を見た。するりと男性の腕から抜けて地面に降り立つと、喉を鳴らしながらあたしの足にこつんと頭をぶつけてきた。そのままからだをこすりつけ、甘い声で鳴き始める。

「ハコ、ハコ！　よかった無事で」

あたしはハコを抱き上げ、頬ずりをした。いなくなったときよりもずいぶん軽い。毛はどろで汚れ、肋骨（ろっこつ）が浮き出すほどお腹（なか）が痩せている。

「チラシ、見ました。やっぱりお宅の猫でしたか。ひよどり公園にいたらどこからともなくあらわれて」

近くの公園の名を上げ、男性が安心したような声を出した。あたしはようやく正面から男性の顔を見る。つい「あっ」と声が出てしまった。

昨夜、あたしがぶつかったひとだ。寒空のなか、空を見上げていたあの男性だ。だが男性はあたしに気づかなかったらしい。垂れた目をさらに垂らしてにこにこと
あたしとハコを見ている。

「ありがとうございました。あの、この子にご飯、あげてきてもいいですか。すぐに戻りますので」

「いいですよ、どうぞごゆっくり」

やはりのんびりした口調でこたえる。礼を言ってからハコを抱いてキッチンへ行き、猫缶を開け、新しい水をボウルにたっぷりとそそいだ。ハコは無我夢中で猫缶にかぶりついている。その様子を見届けてから玄関に戻った。

「お待たせしました。あの、どうぞお上がりください」

「いやここでいいですよ」

「そうですか。じゃ、あの、いまお礼を持ってきますので」

「あ、ちょっと待ってください」

踵を返しかけたあたしを男性が止めた。

「お礼はけっこうですんで。その代わりといってはなんですがお願いがひとつありまして」

「お願い？」

首を傾げると、笑顔のままさらりと男性が言った。

「お宅の庭にテントを張らせてもらえませんか？　十日間ほどでいいので」

数秒、思考が止まる。

テント？　庭に？　なにを言い出すんだ、このひと。

無言のままのあたしを置いて、男性は喋りつづける。

「じつはぼく、仕事を首になりまして。で、住んでたところも追い出されちゃって。しばらくはネカフェで過ごしていたんですが、お金が乏しくなりまして。新しい仕事と部屋が見つかるまでのあいだだけ、こちらにお世話になれないかと」

「そんな、無理です」

反射的にこたえる。

「十日間だけでいいですから。それにぼく、怪しいものではありません。つい数日前までそこのコンビニで働いてました」

右手のほうを指さす。言われてようやく思い出す。確かにいちばん近所のコンビニにいたひとだ。頭のなかで、貧相きわまるからだに緑色の制服を着せてみたら、やっとどこで会っていたのか合点がいった。

「コンビニで働いていたかたがどうして」

「いやあじつはコンビニの店長の娘さんとお付き合いしてまして。で、その女性の部屋に同居させてもらってたんです。ところが彼女に新しい彼氏ができましてね。追い出されちゃったんです、部屋を。ついでに『もう顔も見たくない』ってコンビニまで首にされちゃって」

のほほんとした雰囲気のまま、すごい告白をした。いったいどういう頭をしているんだ。理解に苦しむ。

「ご事情はわかりました。とはいえ庭にテントというのは……」

「まずいですかねぇ。芝生が柔らかそうでじつにいい感じなのですが」

いつ見たんだ、いつ。

「ハコを保護してくださったことは感謝しております。しかしですね」

「テントに住まわせていただくだけでいいんです。風呂もトイレも外で済ませますし、あ、もちろん食事のご心配もいりません」

誰が食事を出すと言った。

「お礼を多めにお出しします。どうかそれをお持ちになって」

「現金もとてもありがたいのですが、いま切実に必要なのは住む場所なんです。テントは意外にかさばるのでネカフェでは収まりきらなくて」

だったらテントを捨てればいいではないか。

どうやって断ろう。なんと言ったらあきらめてくれるだろうか。あたしが次の一手を考えていると、

「んにゃあ」

ハコの声が響いてきた。キッチンから尻尾を立てて歩いてきたハコは、するりとあたしのよこを抜けると、男性の足にからだをすりすり擦りつけた。ごろごろと喉を鳴らし、甘えた声をあげ、愛おしそうに男性を見上げる。

あたしはその光景を驚愕(きょうがく)の思いで見つめる。あの人見知りのハコが。両親すら避けて通るハコが。どうしてこのひとに。

ハコはしばらく男性を見つめたあと、あたしに視線を移した。金茶の目が光る。まるで「このひとを置いてあげて」と懇願しているかのように。

十数秒ほど見つめ合ったあと、ハコの真摯な瞳についに根負けしてしまった。仕方ない、ハコの命の恩人だものね。あたしはひとつおおきく息を吸う。

「……ほんとうに十日間だけですね」

「はい」

「庭だけですね? 決して家には入れませんよ」

「もちろんです」

「なにかちょっとでもおかしな振る舞いをしたらすぐに警察を呼びますけれど」

「どうぞどうぞ」

男性は、目と眉毛をこれでもかというくらい垂れ下げる。緩んだ口もとから意外に綺麗に並ぶ白い歯が覗いた。

あたしは、ふう、深い息を吐いた。

「……では十日間だけ。十日間だけ、ですよ」

「ありがとうございます。あ、申し遅れました、ぼく持田崇(もちだたかし)といいます」

「……石川友梨絵（ゆりえ）です」

頭を下げ合うあたしたちを見て「うなぁ」とハコが満足そうにひと声、鳴いた。

翌朝、と言っても昼近くに起きたあたしは一階の雨戸を開けて、昨日のやりとりが夢ではなかったことを知った。

父がゴルフの練習のためにと拵（こしら）えた二十畳ほどの芝生の庭。そのどまんなかにモスグリーンのテントがでーんと建ち、日あたりのよいウッドデッキのうえに広げたディレクターズチェアで持田さんが気持ちよさそうに日光浴をしていた。

ご近所の目が気になる。聞かれたらなんとこたえようか。「叔父が冬山登山の練習をしています」とか？　かなり無理があるけれども。

「あ、石川さん、おはようございます」

あたしに気づいた持田さんが、チェアのうえでからだだけ捻（ひね）って挨拶を寄越した。

「……おはようございます」

「すみません、昨日言い忘れたんですけれども、電源だけひとつお借りできないでしょうか」

持田さんが手にした延長コードを投げ縄のようにぶんぶん振って見せた。ええい、毒食らわば皿までだ。

「……いいですよ。そこの窓から入れてください」

リビングのよこにある、ブラインド型の窓を指さした。ハンドルを回して開けるタイプのこの窓なら、コードは入っても持田さんは入ってこられまい。

「ありがとうございます。いやあこれで完璧です」

持田さんの細い目がさらに細められる。コードを受け取り、手近のコンセントに差した。いちおうテントの形状を確かめようとお勝手口から外に出る。ドアを開けたとたん、ハコがするりとよこを通り抜け、外に出てしまった。

「あ、ハコ！」

ハコはとことこ歩いてゆくと、チェアに座る持田さんの膝に飛び乗った。感触を確かめるように二、三度くるくる回ると、気持ちよさそうな顔で丸くなる。

「ああハコちゃん。おはようさん」

持田さんに背中を撫(な)でられたハコは、満足そうに目を閉じた。あたし以外のひとにからだを撫でさせるなんて。なんだかとっても面白くない。

テントの周りを一周してみたが、とくに怪しい様子は見られなかった。仕方ない、十日間の辛抱だ。じぶんに言い聞かせる。

「あたしは家で仕事をしていますが、持田さんは？」

「もうすこし英気を養ってから仕事探しに行ってきます。お仕事、がんばってくださいね」

お前こそがんばれ。口のなかだけで悪態をついてから、ハコを戻そうと抱き上げる。だがハコは迷惑そうな顔をして動こうとしない。

「ああ、いいですよ。ぼくが見てますから」

ハコの喉をくすぐりながら持田さんが言う。ハコが盛大なごろごろ音を立てる。

「でもまたいなくなっちゃったりしたら」

「だいじょうぶ、責任を持って預かります」

持田さんの責任感に一抹の不安を覚えたが、ハコが動こうとしないので仕方がない。

「くれぐれも目を離さないでくださいね。出かけるときは必ず家に戻してください」

念を押すと、持田さんがゆらぁりと頷いた。ときどき見に来ることにしようと決め、家のなかに戻った。

ブランチを取ってから二階の部屋に上がる。部屋の窓からは、ちょうど持田さんの座るウッドデッキが見渡せた。

書いては覗き、書いては覗き。最初のうちはそれこそ十分に一回くらいの割合で監視していたが、だんだん間が開いていく。なぜなら持田さんがまったく動く様子を見せないからだ。チェアに座り、居眠りでもしているのか、からだがゆらゆら前後左右に揺れている。それだけ。ほんとうにそれしか動きがないのだ。

冬の午後がゆっくりと過ぎていく。

いや、ゆっくり過ぎているのは持田さんのいる場所だけで、あたしは時間と闘いながら必死に原稿を書いていた。時間がない。とにかく時間がないのだ。

陽が沈み、外気温が下がってきた。夕闇に溶け、持田さんのすがたも見えなくなる。ハコに夕飯をあげなくては。あたしはいったんパソコンを落とし、庭にハコを迎えに行った。

だがチェアにハコも、持田さんのすがたもなかった。どこに行っちゃったんだ⁉

もしかしてハコを放置して職探しに？

「ハコ！　ハコ！」

あたしは大あわてで叫んだ。すると、

「ふぁい」

間の抜けた返事がテントのなかから聞こえてきた。ごそごそとなにかが動く音がして、持田さんがのっそりテントから顔を出す。

「ハコは？　ハコはどこですか？」

「ハコちゃんなら、ほら」

持田さんがテントの出入り口の布を上げてみせる。覗き込むと、寝袋のうえですやすや眠るハコのすがたが目に入った。

「ハコ！　夕飯だよ、ご飯の時間」

呼びかけると、ご飯ということばに反応して耳がぴくりと動き、ハコが薄目を開けた。巨大なあくびをかまし、それから気持ちよさそうにうう－んと伸びをしてからこちらに歩いてくる。

ハコを抱き上げてから持田さんに改めて視線を向ける。まだ半分眠ったような目、髪の毛は寝ぐせでぐしゃぐしゃだ。

「持田さん、職探しに行かなかったんですか」

「これから行きます、これから」

「これからってもう五時ですよ」

「え、あ、もうそんな時間かぁ」

持田さんがぼりぼりとわき腹を掻いた。

このひと、本気で仕事を探す気あるのだろうか。疑問が頭をもたげる。だがあたしには関係ないことだ。見つかろうが見つかるまいが十日経ったら出ていってもらうまでのこと。

「あと九日ですからね、九日」

念を押してから勝手口に向かう。

「五時かぁ。まだ昇ってくるまでには時間があるなぁ」

背後で持田さんが意味不明のことをつぶやいた。

翌日も判で押したように同じような一日だった。

昼近くに起きる。ハコが持田さんのところへ行く。持田さんは日がな一日、日あたりのよいウッドデッキで過ごす。日が暮れてハコを呼びに行くと、寝ぼけまなこの持田さんとハコがテントから起き出してくる——

あまりに同じ一日すぎて、そして仕事に忙殺されているあたしとあまりにも世界が違いすぎて、めまいを起こしそうになる。

初めて持田さんに動きがあったのは、庭に住み着いて三日めのことだった。

ようやく仕上がった原稿を持って、午後二時過ぎ、家を出る。これから出版社で入稿まえの打ち合わせをしなくてはならない。まえの二日と違ってハコがついてこないと思ったら、庭に持田さんのすがたはなかった。

とうとう職探しに出かけたのか。それくらいに考えて鍵を閉め、駅へと急ぐ。途中、以前持田さんが勤めていたというコンビニのまえを通りかかったあたしは、何気なく店のよこの路地を見て思わず声をあげそうになった。

持田さんがいた。持田さんのまえにはコンビニの制服を着た白髪頭（しらが）の男性。確か彼が店長だ。首から下がったネームカードを思い出す。店長が素早く左右を見回す。あたしは思わず電柱の影に隠れた。

ふた言三言、店長が持田さんになにごとか囁き、膨らんだレジ袋を差し出した。嬉しそうに受け取った持田さんが、レジ袋からなにかを取り出した。あたしは目を凝らす。弁当だ。こうやって陰に隠れて渡しているということは、おそらく期限切れの。持田さんはぺこぺことしきりにお辞儀を繰り返している。店長が手を振り、店のなかに戻ってゆく。店長を見送った持田さんがこちらに向かって歩き出した。あたしはあわてて電柱から離れ、小走りで駅へと急いだ。

なんだかむしょうに恥ずかしかった。同時に怒りがわいてきた。なにをやってるんだ、こんな昼日中に。期限切れの弁当をもらいに来るくらいなら、ほかにやるべきことはいくらでもあるだろうに。そもそも持田さんには本気で仕事をしようという気持ちはないのか。ひとさまのお情けに縋って生きるなんて、いい大人が恥ずかしいとは思わないのか――

入稿作業をおこないながらも、まだあたしは持田さんに対して怒りを募らせていた。だから二度、大声で名前を呼ばれるまで宮園さんがよこに立っていることに気がつかなかった。

「あ、すみません、なんでしょうか」

「なに呑気な声出してるのよ、こんなミスしておいて！」

ばしっ。宮園さんが机の上に原稿とレイアウト用紙を叩きつける。

「ミス？」

「抜けてるじゃないの、一社！　トリニートの保湿クリームが！」

頭がまっ白になる。あわててレイアウトを確認する。抜けている、確かに。取材をしたトリニートの主力商品が。

「どうしてくれるの！　今日入稿日なのよ！」

「すみません！　あ、あのすぐ手配します、再レイアウトとそれから」

「早く動いて！　年末進行なのよ、間に合わないわよ、これじゃあ！」

宮園さんの喚き声に追い立てられるように出版社を飛び出す。デザイナーの事務所へ行き、平身低頭して再レイアウトをお願いした。ここでも盛大に叱られながら、新しいレイアウトが出来上がったのが夜の十時過ぎ。ひったくるように受け取り、タクシーを拾って自宅へ向かう。もう編集部は開いていない。あとの作業は自宅で進めるしかない。

なにをやってるんだ、あたしは。タクシーの座席に腰をうずめると、巨大な自己嫌悪が襲ってきた。もう八年もこの仕事をやってきて、こんな初歩的なミスをしてしまうなんて。どうしてもっと早くに気づかなかったんだろう。

いやいまさら後悔しても遅い。時間は巻き戻せない。ひたすら働いて埋め合わせるしかないのだ。なんとか気力を奮い立たせ、タクシーを降りる。門扉を開け、玄関のドアの鍵を取り出す。ふと庭に目が行った。寒さと薄闇のなか、夜空を見上げて立つ持田さんのすがたが目に飛び込んでくる。

「なにやってるんですか」

なかば無意識に声をかけた。

「星をね、見ているんですよ」

こちらを振り向きもせず、持田さんがこたえる。

「星？」

「ほらあそこ、オリオン座が見えるでしょう。オリオンの右肩に赤い星があるのわかりますか」

時間がないのだ、持田さんに付き合っている場合じゃない。理性はそう叫んでいるけれど、つい足を止め、見上げてしまう。

「あの赤い星のことですか」

オリオンの特徴的な三つ星、その左上に明るい星が輝いていた。

「そう。あの星はベテルギウスといってね、いつか爆発するんです」

「爆発⁉」

「すごいですよ、爆発したら。昼間でも見えるほど明るくなる。その瞬間が見たくてねぇ、それでこうやって」

「それっていつの話ですか」

「んーそれがよくわからないんです。今夜かもしれないし十万年後かもしれない」

腕を組み、眉根を寄せて持田さんが言う。その雲をつかむような話にあたしは思わず腰が砕けそうになる。十万年後。なにを悠長なことを言っているのだ。その日暮らしで仕事もないくせに。そう、仕事どころか。

「……もっと足もとを見たほうがいいんじゃないですか」

つい尖った声が出る。

「足もと？」

「……見ましたよ、今日。昼間、コンビニの店長さんにお弁当を恵んでもらっているのを」

「あーそうでしたか。娘のほうは気が強いんですけどね、店長さんは優しいんですよねぇ」

嬉しそうにこたえる。その呑気にもほどがあるもの言いに、あたしの頭でなにかが弾ける。

「恥ずかしくないんですか、ひととして！　施しを受けるくらいなら、もっと真面目に仕事を探すべきでしょう！」

「え、でも期限切れのお弁当はぜんぶ廃棄されちゃうんですよ。もったいないじゃないですか」

「だからそういうことじゃなくて」

「それに期限切れっていっても、まだじゅうぶん食べられるんですよ。おかげさまで明日のぶんまでもらってくることができました」

天空から視線をはずした持田さんがあたしを見てにっこりと笑った。

だめだ。急速に気力が萎えていく。この男になにを言ってもだめだ。嚙み合わない。嚙み合いっこない。価値観が違いすぎる。

「……持田さんが生きてるあいだに爆発してくれるといいですね」

せいいっぱいの皮肉を込めたつもりだった。だが持田さんは真面目きわまりない顔で頷くと、

「ぼくも日々そう祈っております。どうですか、石川さんもたまには星を眺めては。いい気分転換になりますよ」

これまたしごく真面目な口調で返してきた。

星を見る？　なにを馬鹿なことを。いまのあたしには時間がないのだ。十万年後に爆発するかもしれない星なんて相手にしている暇はない。

あたしは持田さんに背を向けると、重い足を引きずって家のなかへと引き上げた。

金輪際この男と関わり合いになるのはやめようと思いながら。

持田さんがいないことに気づいたのは、ハコの行動がおかしくなったからだった。星の話をした翌日、ハコは家から出なかった。このあいだ持田さんが出かけていたときもなぜかハコは気づいていて庭には出なかったので、きっと今日も職探しと称してふらふら出歩いているのだろうとそのときは気にも留めなかった。

だが翌日の午前中、前夜の疲れで爆睡しているあたしの枕もとまでやってきて「うにゃ——ああああ」と妙な長鳴きをしては、しきりに頭の周りをぐるぐると回り始めた。

お腹すいたのかな。ごめんハコ、もうちょっとだけ寝かせて。布団を頭までひっかぶると、今度はあたしの指を甘嚙みし出した。こんなこと初めてだ。

根負けしたあたしはしぶしぶベッドを出て、階下に降りる。キッチンへ入ろうとすると、尻尾を立てたハコがお勝手口へとあたしを誘った。庭に出たいということか。開けてやると一散にテントへ向かう。お勝手口から覗くと、常駐しているウッドデッキに持田さんのすがたはなかった。テントにもいないらしく、いったん入ったハコがすぐに出てきた。

「だいじょうぶだよハコ。きっと出かけてるだけだよ。夜には戻るよ」

そう声をかけたが、ハコは心配そうな顔であたしのそばへ寄って来、スウェットの裾を嚙んではひたすら引っ張る。しょうがないなあ。あたしはサンダルをつっかけ、庭に出る。素足に十二月の風が冷たかった。

ハコに促されるままテントを覗く。どうやら確かにここ二日間、持田さんは帰っていないらしい。なぜならコンビニの弁当が手つかずでテントに残されていたからだ。

ああよかった、出ていったんだ。それならそれでありがたい。ほっとしつつも、でもテントを置いて出ていくだろうかという疑問が頭をもたげる。

もし住む場所が決まって出ていったのなら、あの持田さんのことだ、きっとテントは回収していくだろう。ということは、なにか理由があって帰ってきていない、あるいは来られないということか。

あたしの気持ちを読み取ったかのように、ハコがごんごんと頭をぶつけては、あたしの顔を見上げて例の長鳴きをする。

え、ハコ、それって持田さんを探しに行けということ？　やだよ、そんな。ただでさえ時間ないのに、なんでよく知りもしない男を探しに行かなきゃならないのさ。

「ハコ、勘弁してよ。そのうち帰ってくるって。ね？」

言い聞かせ、抱き上げて家のなかに入る。だがハコはからだをくねらせてあたしの腕から逃れ出ると、今度は玄関に走っていき、ドアに爪を立てて引っ掻き始めた。長鳴きも止まない。

がりがり。うなーあ。がりがり。うなーあ。

猫缶を開けても、大好きなおやつを出してもハコは見向きもせず、ひたすら爪を立て、鳴きつづけている。こんな状態ではとても集中して書きものなんてできない。

あたしはあきらめて、持田さんを探しに出ることにした。

ついてこようとするハコをなんとか家に閉じ込め、外に出る。とはいえ持田さんの立ち寄りそうな場所などそうそう思いつかない。コンビニ、最初に会った駅まえ、ハコが寄ってきたというひよどり公園。この三ヵ所を順繰りに回る。だがどこにも持田さんのすがたはなかった。最初はハコに頼まれてしぶしぶ探していたのだが、そのうちだんだんと本気で心配になってきた。

あのぼーっとした持田さんのことだ、星のことばかり考えて車に轢(ひ)かれたんじゃないだろうか。あるいは空を見上げて歩いていて川に落っこちたとか。考え出したら止まらなくなって、ほんの数十分だけ探すつもりのはずが、気づいたら半日、街を歩き回っていた。

ただでさえ時間がないというのに、あたしはなにをやってるんだろう。そう思う一方で、持田さんののんべんだらりとした顔がちらついて目のまえから離れてくれない。疲れて痛む足を擦(さす)りながら、あたしは街を歩く。

だがすべては杞憂に終わった。

翌朝、いつもより早い時間に目が覚めたあたしが雨戸を開けると、いつもの場所に座った持田さんが優雅にコーヒーを飲んでいた。いつのまに抜け出したのか、膝ではハコが丸くなっている。

「なにやってたんですか、この二日間！」

庭に駆け下りて持田さんに叫ぶ。持田さんがきょとんとした顔をした。

「あ、二日もいなかったですか、ぼく」

「いませんでしたよ！　てか二日もって、気づいてなかったんですか。気づくでしょう、ふつう！」

「いやあここ二、三日はこのへん曇りだって予報が出てて。それで晴れてるところを探して歩いてたら、いつのまにか時間が」

照れくさそうに頭を掻く。一気に頭に血が上る。

「心配するじゃないですか！　ちょっとはこっちのことも考えてくださいよ！」

持田さんがますますきょとんとした顔をした。

「え、心配かけてましたか。それはすみませんでした。全然気にしてませんでした」

怒りでぶるぶるからだが震える。だが「待て」と冷静なもうひとりのじぶんが頭のなかで声をあげる。

この男は家族でも友人でもましてや恋人でもない。ただの行きずりの他人ではないか。その他人相手に熱くなってどうする。だいたいなんで怒りがわいてくるのだ。この男が死のうがどうしようが、あたしにはいっさいなんの関係もないではないか。

黙り込んだあたしを心配そうに持田さんが見つめる。

「だいじょうぶですか、石川さん。どこか具合でも」

「悪くありません！　とにかくもう放っといてください！」

「はあ。そう心掛けているつもりでおりますが」

持田さんの眉毛がさらに下がって見事な八の字を描いた。

その日からあたしは文字通り不眠不休で働いた。持田さん探しに費やしたぶんを取り戻さなくてはならない。

宮園さんからは一日にいちどは催促の電話がかかってきた。ふだんからきつい宮園さんだが、日を追うごとに口調が厳しさを増してくる。スマホが鳴るたびに、胃がきりりと痛くなった。

持田さんは相変わらずマイペースだった。昼間はいたり、いなかったり。夜は夜で、飽きもせずぽかんと星を眺めている。その星はといえば、あたしの目にはなんの変化もないように映った。

ほんとうにこの星が爆発するのだろうか。持田さんのたんなる思い込みではなかろうか。

いずれにせよあたしには関係のないことだ。持田さんのことも、星のことも。

あと数日で持田さんはあたしの世界から消える。星がなくなるかどうかは誰にもわからないが、持田さんがいなくなることだけは確実なのだ。考えまいと頭から振り落とし、ひたすら原稿を書く作業に専念する。

持田さんを探しに行った日から二日後の夜、ようやくすべての原稿が上がった。寝不足でふらふらする足を必死でまえへと繰り出して、あたしは出版社に行き、入稿作業を終えた。翌日の午前中に出てきた校了紙をチェックし、宮園さんに戻す。

「時間ないわ、こんなぎりぎりの校了は初めてよ。まったくもう」

宮園さんのきんきん声が寝不足の頭に響く。

なんとか無事校了し、帰宅の途につく。自宅に帰り着くやいなやあたしはベッドに飛び込んだ。化粧も落とさず、顔すら洗わずに。

宮園さんから電話がかかってきたのは、その日の夕方だったろうか。

「ふぁい」

まだ半分眠った頭でスマホに出る。とたん、宮園さんの怒鳴り声がスマホから響き渡った。

「なにやってんのよ、石川さん！　『ルクレッツイア』のイが小文字になってた、小文字に！」

「はあ？」

宮園さんがなにを言っているのか、すぐには理解できなかった。意識をはっきりさせるべく、あたしは拳でおでこを叩いた。その間も宮園さんは喚きつづけている。

「『ルクレッツイア』でしょう、『ルクレッツィア』！　それが『ルクレッツィア』になってるって言ってんの！」

そこまで言われてようやく眠気が吹っ飛んだ。

『ルクレッツイア』は広告主でもある大切なクライアントブランドだ。コスメだけでなく、バッグや洋服など展開は多岐にわたる。あたしはそのブランド名を間違えて書いてしまったのだ。致命的なミスだ。

心臓が早鐘のように打ち出す。手のひらに冷たい汗が滲んでくる。部屋の気温が一気に下がった気がした。

「も、申し訳ありません！　いますぐに」

「もう遅いわ！　刷り出しが出ちゃってるのよ！　これから全冊大急ぎで刷り直しよ、大損害だわ。だいたい間に合うかどうかわからないわ！」

刷り直し。それも全冊。いったいどれだけの損害を与えてしまったのだろう。いまや心臓は胸から飛び出しそうな勢いで跳ね回っている。

「す、すぐにそちらに伺います」震え声で伝えるが、

「あなたが来たってなんにもならないわ。というより二度とあなたの顔なんか見たくない。うちの編集部には以後出入り禁止。わかった？　もう絶対にあなたとは仕事しないからね！」叫ぶや、一方的に電話は切れた。

出入り禁止。つまりもう『リッツェ』からは二度と仕事がもらえないということだ。ことのおおきさにからだが震え出す。

なんてことだろう。なんてことをしてしまったんだろう、あたしは。これまで必死に働いて、ようやくいまの立ち場までたどり着いたというのに、それをすべて台無しにしてしまった。

からだからちからが抜けてゆく。そのままベッドに倒れ込んだ。

なんでこんな初歩的なミスを犯してしまったんだろう。というか宮園さんだって校了紙の確認はしたはずだ。だとしたらあたしひとりの責任とは言えないのではないか。でも、宮園さんがじぶんのミスを認めることは決してないだろう。それどころか上司には「石川の独断で校了した」とでも言いかねない。すべての責任をあたしに押しつけ、社内的な制裁はまぬがれようとするに決まっている。

気持ちがどんどん落ちてゆく。あんなにがんばったのに。時間に追われながらほと

んど眠りもせず働きにはたらいたのに。いままでのがんばりはなんだったのか――暗い黒い淵に、あたしははまり込んでゆく。

その日から、起き上がれなくなった。

ベッドから出ようと思っても、からだが言うことをきかない。まるでマットレスにからだが縫いつけられたみたいだ。動けるのはトイレと、ハコのご飯をあげるときだけ。それも億劫でおっくうで、最低限やるべきことをやるとすぐにベッドに潜り込んだ。

時間がのろのろと過ぎてゆく。せめて眠ろうと思うのだが、かんじんの眠気がいっこうに訪れてくれない。ようやく眠れても一時間もするとすぐに目が覚めてしまう。目が覚めれば襲ってくるのは巨大な不安感。とんでもないことをしでかしたという恐怖と、もう二度とライターとしては生きていけないんじゃないかという絶望感が交互にあたしを苦しめる。

年末近いということもあるだろうが、他の仕事先からの連絡もぱったり途絶えた。もしや宮園さんがあることないこと他社にも言いふらしているのではないか。

そんなことあるわけない、そこまでするはずはないとすぐに打ち消すのだが、消したそばから疑念がむくむくとわいてくる。疑念は次の不安を呼び、不安はさらに巨大な恐怖を連れてくる。

雨戸を閉め、常夜灯だけを点(つ)けた薄暗い部屋のなかであたしは震えた。震えつづけた。

こんこん、と部屋の雨戸が鳴ったのは、宮園さんから電話があってからいったい何日経ったあとだったろう。

雨戸が鳴る？　なにかごみでも引っかかっているのか、それとも木の枝かなにか。

いずれにせよ確かめる元気はなかった。布団に潜り込み、息を殺す。

こんこん、こんこん。だが雨戸は執拗(しつよう)に鳴りつづける。

「うにゃあ」

ハコの鳴き声であたしは布団から顔を出した。いつのまにやってきたのか、ハコがベッドの枕もとに座っている。

「どうしたのハコ」

尋ねると、あたしのスウェットの袖を噛んで引っ張った。引っ張っては鳴き、引っ張っては鳴きをハコが繰り返す。その間も雨戸を叩く音は止まらない。

「あの音？　あの音が気になるの？」

そうだ、と言わんばかりにひときわ高い声で鳴く。

仕方なくあたしはベッドから抜け出し、窓を開けて雨戸を引いた。

外はまっ暗だった。その暗い窓の外、ベランダに持田さんが立っていた。

「な、なにやってるんですか、こんなところで」

思わずあとじさって問う。持田さんががりがりと頭を掻いた。

「突然すみません。なんかね、ハコちゃんが窓ガラス越しにずっと鳴いてるんですよ。鳴くだけじゃなくてしきりにガラスを引っ掻いて。その顔がなんというか悲愴で。もしやこれは石川さんになにかあったのではと思い、ここまで上ってきてしまいました」

「上ってきたって、どうやって」

「室外機に上って樋を伝って。わりかし簡単でしたよ。石川さん、注意したほうがいですよ、これじゃあすぐ空き巣に入られてしまいます」

相も変わらずどこか浮世離れした顔と声音で持田さんが言う。

「まあとにかく生きていてよかった。ここんとこ顔を見ないので死んじゃったかと思いました。ではぼくはこれで」

ひょこりと頭を下げ、ベランダの柵を越えようと足を持ち上げる。

「待って、待ってください」

なかば無意識に声が出てしまった。片足を上げた中途半端な姿勢のまま持田さんが振り返る。

「あの……よかったらなかに入りませんか」

「なかに？」

「……聞いてほしいことがあるんです」

言ってしまってから後悔の念がわいてきた。たいして素性も知らない男に、あたしはなにを。

でも誰かに聞いてほしかった。いまの、この気持ちをことばにして吐き出してしまいたかった。もうこれ以上ひとりで抱えているのはつらすぎた。

足を上げたまましばらく持田さんは考え——やがて、ふたたびベランダに両足をつけた。

「そういうことでしたら」

ごていねいに脱いだ靴をベランダに揃えてから持田さんが入ってくる。持田さんの足もとに、ハコが甘えた声を出しながらまとわりついた。

「それでどんなお話でしょうか」

持田さんが床に正座する。ハコがすかさずその膝のうえに乗った。

あたしはなるべく順序だててことの次第を話した。ライターをやっていること、特集ページを任されていたこと、なのにおおきなミスを犯してしまい、いままでの努力がすべて水の泡と消えたこと——

こうやって話していると、まるで他人に起きたことのようだ。けれどこれはまぎれもなくあたしの身に起こったことで、仕事を失くす不安や恐怖はつねにあたしとともにある。

そう自覚したら、いったんは収まっていた不安な気持ちがぶり返してきた。頭の芯がじんじんと痺れるように熱くなる。そのくせ手足は冷えきって氷のようだ。

すべて話し終え、大きく息を吐いた。上目遣いで持田さんを見やる。持田さんの顔にはとくに表情と呼べるようなものは浮かんでいなかった。いつもと同じ垂れた目と眉毛。締まりのないくちびる。いまはそのくちびるがほんの少しだけ開き、白い歯が見える。

話すんじゃなかった。

早くもあたしは後悔に囚われる。

このひとにとってはなんの関係もないことだ。聞いたってどうしようもないことだ。

いや、初めからなにかを期待していたわけではない。ただ話すだけでよかったんだ、話すだけで。そうじぶんに言い聞かせる。

礼を言って帰ってもらおう。そう思ったとき、持田さんがことばをかけてきた。

「石川さん、毛布を持ってちょっとついてきてくれませんか」

「は？ど、どこへ」

「庭です、お宅の庭」

そう言うと、がらり、ガラス戸を開け、揃えてあった靴を取り上げる。

どうしよう、ついていっていいものか。一瞬迷いが兆す。

けれどあれこれ考えるのも億劫だった。というより、生きていることじたいが億劫に思えた。

もうどうにでもなれ。やけくそな気分があたしを支配する。

あたしは毛布を持ち、部屋を出る持田さんのあとについていく。持田さんは階段を降りると、勝手知ったる家のようにお勝手口に向かい、ドアを開けて外へ向かう。ハコが当然のように持田さんとともに庭へ出た。あたしもあわててあとを追う。

外は寒かった。凍えるように寒かった。

持田さんは庭をよこぎると、芝生のうえに広げた寝袋にさっさと潜り込んだ。それから、おいでおいでというように手招きをする。

「寒いので毛布を巻いて、ここらへんに寝っ転がってください」

言われるがまま、からだに毛布を巻きつけ芝生の上によこたわった。冷えきった地面から冷気が這い上がってきて、あたしは思わず身震いをした。ハコは、すこし迷ったあげくあたしの毛布のなかに潜り込んできた。柔らかいハコの背中を毛布のなかで撫でる。ハコが「ふわあ」とあくびをして、それからくるりと丸まった。

「すごいでしょう」

持田さんが声をかけてくる。最初、なにがすごいのかわからなかった。黙っていると持田さんが手で頭上をしめした。

「今夜はとくによく見えます」

言われてようやく持田さんが星のことを言っているのだとわかった。

確かに夜空は満天の星だった。風もないおだやかな冬の夜、そこそこ明るい住宅街のなかにあっても、星々は天に穴を穿つように煌めいている。持田さんが天頂近くを指さした。

「まえにもお話ししましたよね、オリオン座の右肩にある赤い星、ベテルギウス」

「いつか爆発するかもしれない星ですよね」

「そうそう。あの星はね、地球から五百光年離れているんです。つまりいま見えているのは五百年まえのベテルギウスのすがたなんですよ」

「五百年まえ……」

五百年まえというと西暦千五百年ころのことだろうか。日本でいうと室町時代だろうか。ずいぶんと遠い昔に思える。持田さんがつづける。

「五百年かけてあの光はいまここに届いてるんです。反対に言えば、もしいま爆発したとしても、それはもう五百年まえに起こってしまった出来事なわけです」

「……はあ」

「すごいですよね、五百年。そのころの人間はみんなとっくに死んでいる。でも光は走りつづけ、届きつづけているんです。星の、何億年も生きた証として。いやすごいなあ、すごいと思いませんか」

すごい、すごいと持田さんは連発している。

「……確かにすごいことだと思います。でもそれがなんだというんですか」

めずらしく持田さんが黙り込んだ。沈黙がつづく。

もしかして怒らせてしまったのだろうか。心配になり、ちらりとよこを見る。だがとくに持田さんは表情を変えず、ただいっしんに夜空を見上げていた。

「……それぞれ違う時間を生きているんだなあ、と思って」

「違う時間」

「そうです。星には星の時間、猫には猫の、人間には人間の時間。そして同じ人間でもぼくと石川さんの時間は違う。みなに等しく流れている時間なのにこんなにも違うって面白いなあ、と」

確かに同じ人間でも、あたしと持田さんでは流れている時間の種類が違う気がした。あたしはひたすら時間に追いまくられる生活をしている。でも持田さんが見ているのは「いま」ではない。五百年もまえの光だ。そして明日起こるか十万年さきに起こるかわからない漠とした「光」を待っている。

持田さんは人間でありながら、星の時間を生きている気がした。

星の時間。あまりに悠久すぎて、あたしには想像がなかなかつかない。

ハコがごそごそ動き出した。毛布のなかを移動して、顔だけちょこんと外へ出す。喉を掻いてやると盛大にごろごろいい出した。

猫の時間は、星と、いや人間と比べてもはるかに短いだろう。だとしたらハコは不しあわせか。そんなふうには思えなかった。なぜならハコは、じぶんに与えられた時間をじぶんの好きなように使っているからだ。

持田さんもそうだ。じぶんの手でしっかりと時間の手綱を握っている。それはとても豊かなことに思える。たとえそれが他人には無意味でむなしく見えても、持田さんはきっと充実した時間を送っていることだろう。

「星は、いいですね」

両手を頭の下で組んだ持田さんがぽつりとことばを落とした。

「星を見ているといろんなことがどうでもよくなってきます。つらいことも悲しいことも、この広大な宇宙のなかではたいしたことじゃあないんだなあと思えてくる」

「つらいことがあるんですか、持田さんにも」

「そりゃあありますよ。あっ！」

持田さんが、がばりと上半身を起こした。

「ど、どうしました⁉」

「いまベテルギウスが大きく光った気がしたんです、見ましたか」

「え、ほんとに？」

急いでベテルギウスに視線をあてる。だが、とくにいままでと変わったようには思えなかった。

「気のせいじゃありませんか」

「そうかもしれません。なにせ十万年後のことかもしれないんですからねえ」

持田さんが楽しそうに笑った。

十万年後、あたしはこの世にいない。それどころか五十年後だって生きているかどうかわからない。

だとしたら。あたしは思う。

いまの、この時間を大切に生きよう。与えられた生を、愛おしんで生きていこう。ハコのように。そして持田さんのように。

持田さんはまだ笑っている。ベテルギウスの光が、その笑い声に合わせてちいさく揺れている気がした。

その夜は久しぶりに深く眠った。夢も見ないほどの濃くて深い眠りだった。

翌日の夕方近く、お腹を空かせたハコに甘噛みされてようやく目覚めた。階下に降り、キッチンでハコに新鮮な水とご飯を与える。リビングに移動し、何気なく外を見たあたしは思わず息を吞んだ。

テントがなかった。ディレクターズチェアも。引っ張って抜いたのか延長コードすらも、きれいさっぱりと消えていた。

「ハコ、テントがないよ！　持田さん、いなくなっちゃったよ！」

思わずハコに叫ぶ。だがハコはすべてを承知しているかのように、動じもせずご飯を食べつづけている。

あたしはサンダルに足を突っ込み、庭へ飛び出した。芝生は持田さんが来るまえと変わらず、庭一面にのっぺりと広がっている。

あたりを見回したあたしは、庭石の上にある白い紙を見つけた。急いで取り上げる。

「仕事が見つかりました。住む場所も決まりそうです。お世話になりました」

ボールペンでたった三行、そう書かれたメモ。

そっか、見つかったのか、それはよかった。助かった。

そう思う一方で、なぜかこころにぽっかり穴が開いたような淋しさを感じた。

「んにゃ」

食事を終えたハコが、開けっ放しにしたお勝手口から庭に降りてきた。あたしはハコを抱き上げる。夕闇の迫った空は今日も雲ひとつなく晴れ渡っている。きっと今夜も星が綺麗に見えるだろう。

あたしは暮れなずむ空を見上げる。

きっとどこかで同じ夜空を見上げているだろうな。

あの星の時間を生きるひとも。

【解説】宇宙的・多次元的魅力の恋愛小説

山崎直子

恋愛小説の解説を私が⁉　と最初は正直びっくりしましたが、読み進めるうちに、どんどんと中澤日菜子さんの世界観に惹き込まれてしまいました。そして、星を通じて人の心と人の心が触れ合う、その温かさに、ちょっと懐かしいような気持ちになり、あ、まさに「星が導いてくれた」のかなと、この本に出会えた運命に感謝しました。

この本の魅力は、何と言っても、星好き、宇宙好きにとってたまらないエッセンスが鏤められていることです。一見何気ない表現を読み解いていくと、さらに奥深い世界が広がっている、そんな宇宙的、多次元的な本なのです。そして、読み終わると、ちょっと切なさの中に、勇気をもらうような感覚。そうそれは、プラネタリウムから出てくるときの感覚と同じなのです。子どものときによく見ていたプラネタリウムは、終わるときは、いつも朝日が昇るシーンで締められていました。満天の星々と別れる寂しさを感じながら、でも朝日が昇り、これからまた一日が続いていくんだ、という元気をもらったものです。そして外に出て新鮮な空気を吸うと、この広い宇宙の中で私たちは生きている、と感慨深く思ったものです。そんな感覚と同じ読後感。

だから、ちょっと懐かしいような気持ちになったのかもしれません。

プラネタリウムで、解説員の方が星座にまつわるギリシャ神話の話をしてくれると、遠い星に親近感を覚えるように、この本の中のエッセンスを少しご紹介できたらと思います。

まず、『一等星の恋』。宇宙に数え切れないほどの星がある中で、一等星の数は全天で二十一個のみ。憧れの人に向かって「白さんが一等星なんです！」と怜史が告白をするシーンはとてもひたむきです。ちなみに、私が二〇一〇年に搭乗したスペースシャトルには、広大な宇宙空間の中で、宇宙船が迷子にならないように、自分の姿勢を調べるためにスタートラッカーと呼ばれるセンサーが搭載されていました。複数の明るい恒星を目印とし、自分自身の姿勢を計算していくのです。そして、全天の一等星を描いた星図も搭載されていて、スタートラッカーが捉えている星が正しいかどうかを、宇宙飛行士が確認できるようにもなっていたのです。だから宇宙飛行士の訓練には、プラネタリウムで星を習うものもあったのですよ。星は、特に明るい一等星は、昔も、科学技術が発達した今も、私たちの道しるべ。だから、星を見ると落ち着くのかもしれませんね。白にとっても、きっと怜史は一等星だったに違いありません。誰もが誰かの一等星になれる。出会いを大切にしたくなる作品です。

『半月の子』では、時を経て、高校時代の憧れの人と思いがけない再会をします。「新しく生まれた命の色」という初々しくも印象的な表現が、本作品全体を貫いています。満月と新月のときは出産が多いと言われていますが（うちの子どもたちは、一人は満月の日に、一人は新月の日に生まれています）、そのちょうど中間の「半月」の時に生まれた生命。最初から完璧な親はいない、赤ちゃんと一緒に、これから親も成長していく。そんな気持ちが込められているかのようです。

『星球』では、舞台を通じて様々な想いが交差していきます。純粋な想いも、艶めかしい想いも、屈折した想いも。「ひとの気持ちは、まっすぐな一本道とは限らない」、「でも、だからこそニンゲンって面白い」、本当にそうだなと思うのです。暗い劇場に灯る「星球」の明かり、そしてその照明を担当する春田さんの存在が、舞台に大きな安心感を与えてくれています。「星球」は聞き慣れない言葉ですが、中国語で天体や星を意味します。中澤日菜子さんは劇作家でもあるからでしょうか、情景がありありと浮かぶような、そして大きな優しさに包まれるような、不思議な感覚の作品です。

『The Last Light』は、私が一番惹かれたタイトルです。何故かというと、望遠鏡が設置されてから初めて捉える星の光、そしてカメラなどを搭載した人工衛星が最初に撮影する画像をファースト・ライトといい、その瞬間の感動を肌身で感じてきたからです。今まで何年もかけて準備してきたことが実を結ぶ瞬間の興奮。しかし、その対極にある「ラスト・ライト」という表現にはこの小説で初めて接しました。ファースト・ライトのような興奮ではないけれど、更に年月を重ねた優しさと奥深さを感じる光。そんな光を誰もが持っているということに気づかせてくれます。

『Swing by』では、美緒の心情が、小惑星探査機「はやぶさ」とシンクロします。「はやぶさ」は、七年がかり六十億キロもの旅をして、小惑星イトカワからの砂を詰めたカプセルを二〇一〇年に地球に届けてくれました。幾度かの故障を乗り越え、奇跡的に地球にカプセルを届けた姿、そして役割を果たした探査機本体は「ラスト・ライト」として地球の写真を撮影した後、オーストラリア上空で燃え尽きた姿に感情移入し、「はやぶさ君」と私も親しみを込めて呼んでいたものです。美緒も、その「はやぶさ」の健気(けなげ)な姿を見て、もう一度頑張ろうと思うのです。「はやぶさ」は、スイング・バイと呼ばれる方法により、燃料をあまり使わずに、地球の引力を借りて加速することで、長い旅を成し遂げました。五月や寺川さんとの出会いから勇気をもらい、美緒がしっかりと自分の道筋を見つけていく様子を、スイング・バイにたとえるところに深く共感します。スイング・バイは、小型でも、周りの天体の力を受けて、それ以上の力を発揮する、日本のお家芸とも言えるのです。作中では、後継機「はやぶさ2」が打ち上がるシーンがあります。この解説原稿を書いている間に、その「はやぶさ2」に関し、小惑星リュウグウの砂を集めたカプセルが二〇二〇年十二月に地球に帰還することが発表されました。今度は、探査機本体は燃え尽きず、新たな探査に向けて旅を続けます。美緒と五月の旅も続きそうですね。

『七夕の旅』では、「小袋」がタイムカプセルのように、時間を超えて引き継がれます。すれ違いの切なさの中、それぞれがせいいっぱい生きた「生」。その「生」があるから今があることが伝わってきます。七夕では、一年に一回、織姫(おりひめ)と彦星(ひこぼし)が出会えると言い伝えられますが、作中では何十年もの時を経て真実に巡り合います。実は、織姫(ベガ)と彦星(アルタイル)の距離は約十四光年あります。なので、光のスピードでも一年に一度会うことはできないのです。劇団員の知人が話してくれたのですが、ある子役の子が「想いは光を超えられるんじゃないかな」と言ったそうです。そんな奇跡がきっとある、と信じたくなる作品です。

そして、この文庫化のために書き下ろされた『星を拾う』では、オリオン座のベテルギウスが描かれます。「星には星の時間、猫には猫の、人間には人間の時間」「それぞれ違う時間を生きているんだなあ」。宇宙時間で悠々としている持田さんと、日常にあくせくする「あたし」。その間には大きな隔絶がありますが、猫の「ハコ」がキューピッドのように、時空を自由に旅する旅人のように、つないでくれるのです。それぞれが同じ夜空を見上げ、お互いの時間が交差し、その瞬間心が通い、そしてまたそれぞれの旅に進む、その一期一会が心に残ります。折しも、ベテルギウスは二〇一九年十月から急激に暗くなっていました。超新星爆発か、と注目されましたが、二〇二〇年二月頃にまた明るくなり出し、超新星爆発を見届けるのはもう少し先になりそうです。もっともベテルギウスは約五百光年離れているため、今見ている光は五百年前、日本では室町時代後期のものです。星を見ていると、まさに時空を超えた感覚になります。超新星爆発をこの目で見届けられるのか、ベテルギウスから目が離せませんね。

この一冊は、全編を通じて、優しさに溢(あふ)れています。作品を読みながら、二〇一〇年に宇宙に行った際に、とても懐かしい気持ちになったことを思い出しました。遠いところに来たというよりは、自分の故郷を訪ねているような感覚でした。私たち一人一人も、地球も、皆もともとは星のかけらでできています。だから星と兄弟姉妹であり、宇宙は故郷。子どもの頃に理科の授業で聞いたこと、プラネタリウムで聞いたことが、理屈抜きですとんと腑に落ちてくる、そんな感覚でした。

宇宙という言葉は、紀元前二世紀頃の百科全書風の思想書「淮南子（えなんじ）」の中に初めて出てくるそうです。「往古来今謂之宙、四方上下謂之宇」と書かれ、「往古来今これ宙という、四方上下これ宇という」、つまり、昔から今、未来につながる時間の流れを「宙」といい、四方上下の空間を「宇」という、という意味になります。そんな宇宙は、まさに私たちを包み込む故郷なのだと思います。

そして、『一等星の恋』の作品たちは、それぞれが星のような光で、私たちを優しく包み、元気を与えてくれます。新型コロナウイルスや、豪雨などの自然災害に接し、こんな今だからこそ、私たちの悲しみも、切なさも、喜びも包んでくれる星の物語が心に沁（し）みるような気がします。そして、私たちの原点を思い起こさせてくれるような気がします。作品に込められた優しい想いが、光や時空を超え、多くの人に伝わっていくことを願いながら。

（やまざきなおこ／宇宙飛行士）

本書のプロフィール

本書は、二〇一五年七月に講談社から刊行された単行本『星球』を大幅に加筆・改稿し、小学館で文庫化したものです。『星を拾う』は文庫書き下ろし作品です。

小学館文庫

一等星の恋

著者　中澤日菜子

二〇二〇年十月十一日　初版第一刷発行

発行人　飯田昌宏
発行所　株式会社　小学館
〒一〇一-八〇〇一
東京都千代田区一ツ橋二-三-一
電話　編集〇三-三二三〇-五八二七
販売〇三-五二八一-三五五五
印刷所――大日本印刷株式会社

この文庫の詳しい内容はインターネットで24時間ご覧になれます。
小学館公式ホームページ　https://www.shogakukan.co.jp

ISBN978-4-09-406810-8